# 殺死小甜甜

蔡燦得

Contents

Contents

# 自序

説好了要拍一組很「我」的照片,當做封面。與編輯貝莉討論許久,決定要呈現最日常的模樣。於是我準備了各款白 T 與各式破牛仔褲,把它們分別搭配好,掛在架上。

「殺死小甜甜」原本是我在無名小站的部落格名,當時我還只是個演員,每天的日子就是在講著別人寫好的對白、穿上別人設定好的服裝、扮成別人創造出的個性裡前進。所有人對我的印象,都是來自別人的作品,我真正的模樣,沒人清楚,也沒人在乎。

我最常演的,就是甜美可愛、善良開朗的角色,就像是從小看的卡通裡,那個被所有人當作好榜樣的小甜甜。演著演著,每個人都把我真當成是那樣的人,可是我明明就不是。

於是我就在剛成立不久的無名小站，開了一個部落格，取名《殺死小甜甜 There's no Candy Candy》，在那裡我只用英文名字 Vega 發表文章，也不刊登看得到全臉的照片，我想寫什麼就寫什麼，想穿什麼就穿什麼，認出我就認出我，反正我不刻意做任何事，那裡就是我，真正的我。

沒想到獲得非常多的同好前來留言、討論，更訝異的是，大部分的網友幾乎都在第一時間認出我，但認出了也沒怎樣，在無名小站的人，在乎的只是你丟出來的文字、你的想法、你的圖、你的設計、你的風格。那是我第一次感受到完全的自由，快樂異常。

也才發現，原來有那麼多的人跟我一樣，在真實世界中，必須活在別人的設定裡。

時隔多年，現在我多了不同的身份，我主持、寫專欄、出書，偶爾當電影相關的評審，我的個性不再只被壓抑在戲劇裡，但卻常常想念當時在無名小站裡的我。

無名小站結束後，我的部落格搬到了痞客邦，也換了幾次自覺比較大器或是更有前途的名字，但最終，我又改回了《殺死小甜甜》。

很多事情都是這樣，你就是非得繞個一大圈，然後再回到原來的樣子，但當中的那些什麼，已經大大的不同了。

替這本書想書名的時候也是，從開始做這本書，編輯和我就想了好多不同的名字，但就在某個即將到達死線的夜晚，她丟了訊息給我：「就叫《殺死小甜甜》吧。」我立刻回：「好。」

繞了一圈，又回到原來。但當中的那些什麼，真的大大

不同了。

討論封面主視覺的時候也是，我們想了很多種不同的樣
子，想完整傳達「殺死小甜甜」這個概念，後來決定就
用我日常的模樣。於是，我花了很久的時間，準備了最
能表現「日常」的各式白 T 和破牛仔褲，把它們各套掛
好在架上。

要拍書封面的那天，我餵貓、吃早餐、梳洗完畢，自己
打了薄薄的底妝，再把頭髮吹順，然後，臨出門前，我
看著架上這些精心配好的日常……

（嗯，我想，你們先看書，看完我們再繼續聊。to be
continued……）

There's no Candy Candy.

## 我其實是個腦袋空空神經無可救藥肥大的不知憂鬱是何物的傢伙

你說，相機鏡頭沒開。

我說，當然是有開啊，不然我是在拍屁啊。

常常是這樣，似乎誰都習慣用自己的角度在解讀他人，其實很多時候話說出口前，仔細觀察一下，冷靜一下，思考一下，就會知道自己原本想要脫口而出的那些，離事實有多遠。

你說可以不用那麼嗆，但我說那就說話前多想想，沒人必須為了你那衝動的自以為是，而背負著荒謬的誤解，然後還得裝出笑臉安撫你。

以上，純粹假想，事實上那些的「我說」，我根本不會說，我都嘛是裝出笑臉的那個。

再來，根本沒那人，也沒那對話，那些只不過是我表

達理念的其中一個寫法。

寫東西的人很常遇到的困擾，就是全世界都以為看到的每一個字都是作者本身正在經歷的。但我說，當然是不可能，那大家出日記就好了啊。

是的，我依然沒那樣說，我把話放在心裡，當被這樣以為的時候，就在心裡這樣想一遍。

2016 年中開始整理書稿，因為欠著的書終於是不能再這麼欠下去。我遇到了很合痛的編輯，找到了彼此都很舒服的方式開始工作，於是我決定把說廢話寫廢字的力氣，都拿來為書稿做準備。然而就又遇到了上述的事。

每當我 po 出一些什麼稍微憂傷的，就會被全世界以

為我失戀了、悲觀了、人生要毀滅了。

你說，那是人家關心你。

我說，真正的關心是觀察與記憶，而不是脫口而出的這些自以為的糾正與勸導。

對，我沒真正這麼說，但我真正這麼想。

其實重要的是這些寫出去的字，是你因為這些文字和照片感受到的感覺，而不是老想著作者你到底怎麼了。

這就是我要說，也這麼想的事。

現今媒體的報導方式，已經不再是單純地描述事件本身，而是都在猜測當事人現在是緊張？嫉妒？過嗨？

無聊？或是，其他。這也讓全民熱衷猜測當事人的私z

事與動機。但你是他嗎？你真的知道他是為什麼做出

這些事、說出這些話？

我討厭被亂猜，所以我也不猜。只有當事人才會知道

真相，而那是最不關我們事的事。

## 好朋友的女朋友

面帶微笑。√

自己的包包自己提。√

沒有戴假睫毛，也沒有瞳孔放大片。√√√

手上長長的水晶指甲是螢光粉紅的，還貼鑽！ＸＸ

（誒，可是人家才二十二歲。）

（好吧。）

~~手上的水晶指甲也是螢光粉紅的~~

飯吃到一半，心裡的面試單也填到一半，她起身說去上廁所，有著貼了鑽的螢光粉紅外殼的手機留在桌上。身影消失在通往洗手間的長廊底端時，整桌的人

立刻搶著說話。

「她滿可愛的耶。」

「好像話不太多。」大家開始舉例說什麼笑話的時候她都沒笑。

事主跳出來，他笑罵：「那種成人話題她怎麼加入啊？」

「那你們聊些什麼？該不會都在聊 Big Bang 吧？」

「他們不需要聊天啊，一見面就撲倒。」又是一陣笑鬧。

事主的表情雖無奈，但也忍不住加入胡說八道的行列，完全忘記正在談論的是他的新女友似的。

交了新對象，最緊張的，應該就是和好朋友們見面了吧？這與見雙方家長不同，有時候父母不喜歡的對象，還是能在一起，但好朋友們討厭的，可不一定了。我們都很敢反對家人，卻很少人會對著好朋友大吼：「跟這個人談戀愛的是我，不是你！」然後甩門就走。

不過我相信，很多人在心裡都演過這種戲碼，只是回到現實，依然得看好朋友們的臉色。特別是針對「好朋友的女朋友」，更是有著嚴格要求。

他一直都不要婚姻，所以戀愛對象從來都只有「帶來見我們」的如此單純的問題。見一個刷掉一個，成了我們這群組最大的樂趣。不是故意，是真不適合。搞到後來，像是帶女友來讓我們糟蹋才是他真正的目的。「你到底是不是真的想談戀愛啊？」有次我們刷掉個連賈伯斯都沒聽過的妹後認真問。他狂笑，不置

可否。

眼見小女生去上廁所的時間差不多也該回來了，他突然問大家：「所以，可以加她嗎？」他指的是 LINE 群組。

大家覺得有點驚訝，雖然他們已經在一起一陣子才告訴我們，又雖然她真的滿清新、挺乖巧、懂禮貌，可是朋友的家眷要加入群組可是件大事，萬一分手，該怎麼辦？

小女生再度出現在通往洗手間的長廊底端，朝著我們的方向前進。

「下禮拜我們兩家人要吃飯。」他說，「遇見她，我有點想定下來了。」

全體靜默，他的神情難得嚴肅。

小女生就在這當兒，回到座位上。

「怎麼了嗎？」她察覺到氣氛的改變，帶著疑惑的笑容問大家。

一秒鐘、兩秒鐘、三秒鐘。

「沒有啦，就想問說，可以加妳 LINE 嗎？」其中一個很難搞的朋友先開了口。

「當然可以啊。」小女生很高興，轉頭小小聲地問他：「可以嗎？」

他爽朗的回答：「當然！」

我彷彿聞到家的氣味漸漸飄散開來。

其實只要朋友認真，我們何嘗願意當刻薄鬼？刷掉那些不適合的女生，不單是為了朋友，也是為了保護那些女孩。想想，大家都對好朋友的女朋友比較嚴苛的原因，或許就是因為這樣吧？相反的，對於好朋友的男朋友，可就完全是不同標準，但，那就是另外一件事了。

我把心裡那張填了一半的隱形面試單 delete 掉，默默決定，才不要讓你們有機會這樣對我的男朋友打勾或打叉呢，「跟這個人談戀愛的是我，不是你！」我在心裡很白痴地演練一遍這個戲碼，然後打開手機，掃描她的 LINE。餐廳裡溫暖的黃燈裡，大家互相掃描 QR code，她那貼著鑽的螢光粉紅色電話，閃耀著的是幸福的光芒。

## 好朋友的男朋友

相對於一個友情堅固的團體中「好朋友的女朋友」這個角色，「好朋友的男朋友」似乎就沒那麼需要經過眾人的批准才行進入，不但如此，他似乎還比較能獲得大家的體諒，不管做出來的事情有多瞎。

「對啊，到底為什麼？」繼上週我們因為近年來，朋友圈裡終於多了個大家都好喜歡的好朋友的女朋友加入後，本週我們的話題轉移到好友的男伴身上。起因是在某次慶生的時候，好友的前男友，留了生日祝福在壽星的臉書，壽星看了大叫：「天哪，我不是刪他好友了嗎，為什麼還能留言？」瞬間，眾人興奮，紛紛傳閱那好久沒消息的傢伙，到底寫了些什麼。

壽星說：「我發誓已經刪他好友了。」那男生的前女友則是笑著說：「沒關係啦。」對大家來說，當然不

可能沒關係，這人做出來的事情，如果不是我們這麼地縱容，最後也不會變成如此這般地八點檔。

他們在一起好久之後，她才把他帶來參加聚會，因為她很久沒談戀愛，擔心我們會嚇到他。所以朋友們說好，一定要呵護這得來不易的「家眷」，千萬別太瘋狂。

果然，那男生一來，就滿臉害羞，我們對他就更是小心翼翼。

聚餐完，要大合照，一直都不太說話的他，自告奮勇幫大家拍。「不行啊，這樣你就不在裡面了。」大家說。其實主角就是他啊，不拍到怎行。不過看他一臉堅持，我們也只好由他。拍完，要他把照片傳到臉書，再標示我們就可以了。但他堅持要用 LINE 傳。

「其實我沒怎麼在用臉書啦。」他木訥地解釋。

第一次見面就這樣結束，後來幾乎只要聚會，他都會到，雖然席間他最常做的事情就是在玩手機。

「到底你是在忙什麼？」比較熟了之後，敢開他玩笑，他也一如往常報以木訥的笑容，一切讓女友替他解釋。「他工作很忙啦。」她說。

的確很忙的樣子，好幾次他都會離開座位到外頭去講電話，講很久很久。

「現在都那麼晚了耶。」有人不死心地想要問到底。

「哎喲，他們剛剛創業，大家都很拚啊。」她繼續說。

結果他在我們心目中的好感度反而大幅提升，忙成這

樣還抽空陪女友出來玩耶！真是好男人。從此由著他
愛怎樣講電話就怎樣講電話，即使有時出去外面講完
長長的電話回來後，會拿了東西就說要先離開。

「那要不要乾脆一起走，我們也差不多了啊？」通常
遇見這樣的狀況，大家就會這樣提議，畢竟他女友住
在相當偏遠的地方，一個人回家大家都不怎麼放心。

「沒關係啦，我等下再自己回去就好。」但他女友通
常也都這樣說，相當識大體。

好久好久之後我們才知道，原來他們並沒有像她以往
的戀愛對象那樣，兩個人住在一起。

「他的工作常常忙到半夜，他說會影響到我的生活品
質。」她又解釋。我們似乎看見渴望家庭生活的她，
有一絲絲的落寞。

於是，一個從來不和女友或女友的好友們一起拍照、互動，出來玩總是自顧自忙著手機、離席許久講私人電話、不接送女友、不和女友過生日、永遠不投入聚會的「好友的男朋友」，就這樣在我們的團體中，持續了五年。這當中，我們從來沒有跟她提過對這男生的半點質疑，雖然他們的互動真的很不尋常，走在路上連手都沒牽，看電影也不會坐在一起。

「他個性就是比較害羞啦。」他的女友總是趕在大家提出疑問前，先幫他解套，或許也是在幫自己解套。

五年後的某天，有個女生找到了她，說自己是這男生交往了十多年的女友，而我的好朋友，是他在這些年中，兩個劈腿對象的其中之一。他們現在決定結婚了，所以要來把事情說清楚。

那陣子大家也都輪流陪著她，希望她能早日度過這讓人難堪又憤怒和傷心的過程。而我們也都在心裡問著自己，這男生明明就那麼不討喜，那麼詭異，為什麼我們會對他那麼寬容，連一絲絲的問號都捨不得丟出？

到底為什麼我們對「好朋友的男朋友」會比對「好朋友的女友」更能忍耐呢？我們對男性朋友往往會直接明講到底他帶來的伴侶有多瞎、有多詭異，但對女生朋友的另一半就顯得寬容許多，是不是女生們對自己都太沒自信，太過呵護自認得來不易的愛情？我不知道。

有次訪問聞天祥老師介紹《金馬奇幻影展》，他對其中大師單元的班偉特利導演推崇有加，他的電影都在講人生的荒謬。

「那這跟奇幻有什麼關係？」丟出這個問題後，聞老師開始講述他的電影裡那些瘋狂的故事。

「最奇幻的就是人生啊！」聽完聞老師精彩的介紹後，我說了這一句，讓他大大地贊同。

很多事情我們一輩子都不會知道正確答案到底是什麼的，只能記得提醒自己，人生超出邏輯跑道的事情或許才是應該發生的事，這些事會讓當事人得到他其實真正應該得到的那份禮物。

譬如，我的那位好朋友，她後來終於發奮完成了她一直突破不了的事業擴展，以及在職進修，至於新男友……現在可是三個人在排隊等著她點頭呢。

不等於啊啊啊啊啊啊

如果聊到結不結婚。

「我不結婚的啊。」

「結婚很好耶，兩個人可以互相照顧，一起規劃未來，彼此有個伴，不是很棒嗎？」

這個世界是這樣的，只要你說不結婚，他們就會開始詳述婚姻的美好。但是，我只是說我不結婚，我有說我反對婚姻嗎？沒有。但他們不 care。

我看著對方滔滔不絕的樣子，聽著那些滔滔不絕的優點，不免懷疑到底他們是在說服我，還是在說服他們自己。

事實上，我不但不反對婚姻，我還很喜歡看到我的朋友們求婚、辦婚禮、度蜜月，互相照顧，一起規劃未

來，彼此有個伴。

再一個事實上，我也會讓自己有個伴，一起規劃未來，互相照顧的。但這一切只要你說不想被形式綁住，大家就會爭相表述有伴的美好。我只是說我不想被綁住，有說不要伴嗎？沒有。但他們不 care。

這個世界上很多人的腦袋裡，是一時之間無法想到「不等於」這件事的。

當我說喜歡貓，他們就會說：「妳不覺得狗也很可愛嗎？」我有說狗不可愛嗎？沒有。但他們不 care。

要跟這世界和平共存，就是要把他們不 care，但是自己 care 的事情表達清楚。否則久了，你就會被傳閱成一個你自己都不認識的人，而且還百口莫辯。

我的部落格《殺死小甜甜》第一次換名字，是因為藝人小甜甜。有次錄影遇到，她開玩笑地問我是不是很討厭她，不然為什麼要殺掉她。其實 2005 年在無名小站開這個部落格的時候，我根本還不知道台灣藝壇的小甜甜。

我部落格所指的小甜甜，是小時候看的卡通裡的那個小甜甜，而且我也不是真想把那個小甜甜消滅，我想表達的，是消滅掉那個加諸在我身上的「小甜甜的代表性」。

卡通裡的女孩小甜甜，笑容甜美、個性開朗、善良可愛，但不是每個長相甜美的人，就等於得要個性開朗、善良可愛的。而且甜美、可人也不該是個被拿來當作女孩們榜樣的模範，但比起同戲裡的安妮，顯然小甜甜受大眾認同很多。

經過多年，繞了一大圈，我把部落格的名字又改了回來，還決定用這個名字當作書名。編輯為這概念下了個副標「勉強，有礙健康」，我的經紀人在知道這個名字的由來後，笑著說：「甜美派的就會回你：『沒有啊，我們很健康。』」

但，我只是說長相甜美的人不見得就非得是個甜美的人，我有說我反甜美嗎？沒有。

2005 年的我，老擔心這個世界對我誤解，所以老選擇改變自己，好讓誤解減到最低，於是藝人小甜甜開了個玩笑，我就趕緊改了部落格的名字，雖然當下我就已經跟她解釋清楚，這由來與她並無關係。而今，我明白了這個世界就是這樣的，當你說喜歡貓，是的，就會有人告訴你，他覺得狗比較可愛。

當你看到某件粉紅色的衣服，發出了「矮額」的聲音，就會有人說：「粉紅色很漂亮啊！」但我有說粉紅色不漂亮嗎？沒有。我只是覺得「那件」粉紅色的衣服很矮額，這一點也不等於我不想穿上任何一件粉紅色的衣服。

所謂不要勉強，不等於你要用毫不彎腰的姿態面對這個世界，而是我希望大家能在決定拿出什麼樣的姿態面對世界之前，先讓自己明白自己的真正感受，而不是一昧地用世界上的定義來說服自己，催眠自己。

當明白了自己真正怎麼想，再來決定現在出門後的你，是要真笑還是假笑、是要把腰彎下幾度、是要說出百分之多少的場面話。

這些你一定要知道，才不會迷失。你要知道你在哪

裡，你要隨時找得到自己。

你喜歡粉紅色，並且開朗善良又無邪，很好，那就做你自己那樣就好了，我的意思就是這樣。然後希望你們也能明白，長得不酷、又喜歡笑的女生，像是我，不等於要喜歡粉紅色並且善良。

這個世界是你怎樣解釋都不夠的，但不等於就不要說了。很多事情就是不等於，不管怎樣都還是要盡力把話說清楚。你無法讓全世界同時明白你，但至少你要把每個「正在發生」的誤解消滅，要相信這個世界只是暫時沒想到那個不等於，這並不等於它不存在。

## 勉強，有礙健康

小學的時候，每次下課我都不會出去玩，因為我要把
全部的自由時間，拿來盡情享受不被打擾的這件事。
上課必須聽老師叫我們翻到課本哪頁、跟著唸哪段、
一起看黑板的哪行，這些事不管是多對，總之我感受
到的就是一種不自由。

這就很像是跟著導遊去旅行、帶著美食書去找吃的、
聽著樂評人告訴我們這首曲子哪段的變奏很重要一
樣，當下我心裡就只有一個念頭：我想怎樣／我怎樣
想，關你屁事啦！

我為什麼不能看我想看的那個路人，卻非得拍你指的
那座橋？你為什麼能幫我定義哪樣東西好吃到「一定
要吃」？我為什麼要知道這首曲子你認為哪裡重要？

好多問號。

很多人說，一篇文章裡頂多出現一次問號就夠了。但，我想怎麼寫文章，到底又關那些人什麼事？

又，一個問號。

人長愈大，問號愈多，那或許表示，自己愈來愈能不照單接收別人給的答案，甚至連出題的機會也只留給自己。我愈是追求自由感，愈是會去注意到那些綁手綁腳綁住思想的角落與陷阱是何其多，最常遇見的，就是那個大哉問：「你怎麼還不結婚？」。

這個問題基本上就是預設了每個人都得結婚，我不結婚，所以奇怪，所以理所當然變成了他的問號。

「你怎不叫我趕快賺個兩億？」某次，我這樣回一個留言在臉書上叫我趕快結婚的網友。

其實，並不是我決定不結婚，而是我從來沒有想過要結婚。

「我從小就嚮往著有自己的家庭。」有人懷抱著這樣的夢想，但我偏偏就剛好不是罷了。沒有什麼大道理或是悲情和憤慨，也不是什麼前衛的任何主義擁護者，我，就是追求自由感，就像是小學下課的那十分鐘，我寧願不要拿來交朋友，也要全然自由地做自己想做的事情那樣的純粹。

但這樣的我並不代表就討厭那些會在下課去到處交朋友的同學，一如我並不反對婚姻一樣。看見朋友們得到幸福我也會感動地掉淚，看見朋友們努力半天得不到幸福我也會氣憤與不捨。有些人看到這樣的我，又會用那預設的觀念對我說：「看吧，你還是渴望婚姻的。」

這到底什麼跟什麼？這當中的等號是從哪來的啊？

又，兩個問號。

在這巨大的流沙般根深蒂固的觀念中，我也曾懷疑過是我有問題。於是，在某任看似穩定如老夫老妻的關係中，我試著安排一些能拉近彼此生活距離的旅行，讓從來都是分開住的我和他，能感受看看所謂「家」的氣味。

結果在旅行到第三天兩夜的時候，我就覺得受夠了。

我看書的時候，他電視開得老大聲。

我起床喜歡讓陽光迎接一天的開始，結果拉開窗簾他就用棉被矇住頭說這樣他要怎樣睡。

我洗澡喜歡安靜的在裡頭泡澡、護髮、敷臉、順便看書，他偏偏喜歡可以自由進出浴廁間那種共享的甜蜜。

他的長髮掉得到處都是，而我完全無法忍受髮絲出現在頭皮以外的地方。

他講電話的時候，我就不能大聲聽音樂，而他想大聲聽的音樂，我卻覺得難聽得要命。

是的，家的味道，當我們共同整理行李，以及到了飯店共同把行李拿出來擺放的時候，我的確聞到了，但事實證明，這味道我只能聞三天兩夜，多了，就不行了。

試過幾次後，我深深明白，這個世界上就是有人無法

融入所謂完整社會的。像是，所謂完整的家、完整的
自己這套，對我這種人來說，你擁有很好，但我就是
一點都不想要。

至今讓我最感幸福、最想做的事情，就是躺在沙發上
狂看電影，沒日沒夜，然後狂看書，沒日沒夜，狂喝
啤酒、狂吃炸薯條不要怕胖，沒有日、沒有夜之外，
在這個空間裡，也沒有別的另外一個人。

幸福嗎？此時，我看著家裡或蹲或睡或坐的五隻貓，
覺得很美滿。

或蹲或睡或坐的五隻貓

## 這樣的男生才是帥帥 der

他和他在激辯，關於那個誰這次到底是不是 XX 聯盟的，以及那個誰是在哪個時空成為獨裁者的，之類。然後他們的她，在一旁玩著手機，眼神死。

我無法把他們激辯的內容做更完整的轉述，這樣對還沒看過電影的人來說就爆哏了，我肯定會被他們其他的夥伴幹掉，再說，若是我的轉述中有任何一個字眼沒用對，也肯定會被他們其他的夥伴罵死，還不如加入她們的行列，低頭玩手機，然後眼神死。

我真的很怕那些漫畫迷，他們對漫畫改編成的電影那種「守護者」的心態，簡直到了殺紅眼的程度。妙的是，遇到同好還常常反而會吵起來。我的這兩個男生朋友，就因為超人和蝙蝠俠的電影而開槓。

「她最誇張，還以為前面被殺的夫妻是XXX的爸媽。」

一個說，「真假？拜託，他的爸媽每一集都會被殺一次啊！」另外一個跟上。兩個男生好開心，他倆的她和她，帶著微笑，敷衍地哈哈幾聲，手指繼續賴在 LINE 上。

「都已經看了三個禮拜了，到底要講到什麼時候啊？」我用 LINE 問她們，「對啊，超無聊的。」其中一個姊妹淘回。

另外一個說：「我在上字幕的時候，就忘了電影到底在演什麼了。」三個女生在群組用圖案沉默地大笑。

看著眼前這些慷慨激昂的男生，音量漸高，五官扭曲。有人開始抖腳、有人眼鏡起霧，彷彿整個世界都依附著他們的言論而繼續，完全不在意這是間應該滿安靜的咖啡廳，隔桌已經有人在看他們。

我想到那個跟我一起看《星際大戰七部曲：原力覺醒
Star Wars: The Force Awakens》的男生好友。

那天看電影的時候，我堅持在眾多朋友中坐在他旁
邊，因為他說很熟星戰的一切，有不懂的地方，問他
就對了。我很努力地克制自己詢問的次數，因為我知
道這肯定是很擾人的，但他很妙，總能堅決又冷靜地
在一句話之內回答完我的問題。

電影結束，我開玩笑地問他：「我覺得你都在亂回答
我耶，不管問你那是誰，都給我說是新角色。」他的
笑語被一旁興奮的星戰友們淹沒，那些人熱烈地討論
著，許久才捨不得地互道再見。那個男生，在這當中
都沒有加入任何一方。他始終帶著笑，心滿意足似地
抽著菸聽著大家的言論，偶爾搭個一兩句玩笑話逗笑
大家，就這樣，我們一群好友與美好的一夜告別。

回到家才梳洗完，就看見他在臉書已經發表了長長的一篇觀後心得。語句簡單、用字精準、資訊完整、敘述幽默，看得出星戰系列對他成長的重要，以及他對星戰濃濃的情感與專業。

突然覺得他根本就大俠。

真正大俠都是劍不出鞘的，比起那些急著證明些什麼的人來說，這樣的人，才是帥帥的啊。

# 綁鞋帶傳說

借用幾行朋友臉書的文字：

桂格偶然看人生之尷尬的浪漫
天空飄著愛下不下的毛毛雨
捷運站出口旁樓梯邊
男孩跪在地上修理著
女孩壞掉的夾腳拖鞋
女孩一臉尷尬地看著路過的行人
單腳站著倚靠在扶手旁
光著腳的腳丫子不知該如何是好

忠於原文，不改動格式，寫字的是我的男生朋友
Greg，人稱桂格，平時一臉嚴肅，像個死硬派，但在
朋友間的傳說裡卻是個浪漫派，看文藝愛情小品會哭
得像豬頭的那種。不過就是下了場可能一輩子不會停
的雨，他就能寫出這種部落格新詩體，我借用的只是
開頭，後面沒收錄的，是他長長的深思。

據他的觀察，文中這女孩，應該是真覺得尷尬，不斷跟男生說不要再修了，因為大家都在看，她覺得好丟臉。可是那個男生還是一臉好脾氣的模樣，低著頭自顧自地修鞋，嘴上偶爾丟出幾句親切溫暖的安撫。

女：「你快點啦，路人都在看！很丟臉誒。」
男：「好了好了～馬上就好了。」

你覺得這個男生到底什麼時候會正視這個女生嚷嚷著的尷尬呢？

很多男生其實都會沉浸在這類的情境中，像是，幫女生剝蝦殼、綁鞋帶、背著女生在雨中走，或是，抱起女生讓她看演唱會。

以上，我全都遇過，相信遇過的女生也並不會少。我要很誠實地說，當時我的感覺，就是百分百的尷尬，

完整的尷尬，毫無一絲客套。看著這些字的妳，或許也就是和我擁有一樣感覺的那種女生。

妳是不是也想起了那次的吃飯，在眾目睽睽下，他擅自把分到妳碗裡的蝦子們霸氣的拿到自己面前，然後一尾尾的把殼剝好，再一尾尾的丟進妳的碗裡。此時，周圍此起彼落的羨慕聲，而妳腦中浮現的，是家裡那被他丟得滿地的衣服和襪子以及散落的零錢，妳多麼希望他能把剝蝦殼的決心拿去收拾家裡的髒亂。

望著碗裡光溜溜的蝦子們，妳說妳可以自己剝殼的，但他自顧自地忙著，就像他老是自顧自地把菸點起，完全聽不見妳嚷著說菸味好臭。他似乎總是忙到連轉過來望妳一眼的時間也沒有，像是現在，他正忙著替妳剝蝦／綁鞋帶／背妳走路／抱起妳看演唱會。

傳說中的浪漫派桂格先生，在遇見這傳說中的雨中即景時，在旁注視著直到那兩人離去。女生從頭到尾都沒改口她的尷尬，男生也從頭到尾都沒抬頭理會她的嚷嚷。

這世界太多的好意都是為了自己內心裡的那個情境，這當中又有多少人，會在蹲下的時候，抬頭看看眼前的她，到底是開心，還是不。

男孩為女孩戴上了安全帽離開
在雨中我還沒聽到女孩的謝謝
傻女孩～
如果我是妳
我會好好的享受這幾分鐘

我的浪漫派朋友最後這麼寫著，我可以理解身為男生的心情。

「但其實你可以把她帶到角落一點的地方。」而我要為所有身為男朋友的你這麼寫著,希望你們也可以理解身為女生的心情。

大部分的時間裡,女生更覺得開心的,其實是你私底下願意為她做些什麼,而不是在大眾面前。面子固然重要,但裡子亂糟糟,面子做得愈大,心裡的分數只是扣得愈多罷了。

## 貓型人格

許多人講到貓型或狗型人格,通常都用冷漠與否來界定,像是,若你比較活潑好動、喜歡聊天聚會,就會被歸類到熱情親人的狗型,而你若是和以上都剛好相反,就會被分到貓類。

貓可以自己過日子啊,養牠們比較沒有壓力。這是大多數人講到貓的第一印象。

貓可以自己在砂盆裡上廁所啊,不用麻煩主人。這是第二印象。

其實不是的,你有養過貓嗎?

從有記憶以來,我家就有貓,全是我媽在外弄回來的。自己搬出去獨居後,家裡也陸續來了五隻貓,每一隻貓,都會在我回家開門時,出來迎接我。每一隻

貓也都會在我要出門工作時，繞著我轉，直到我開門，走出去，再把門關上為止。

印象中最讓我感到溫暖的，是以前還和家人住在一起時養的貓 Migo，我媽出國兩個禮拜，牠每一天都趴在送我媽媽離去的那個門前的小椅子上，直到我媽媽再次回到家裡為止。有次我媽生病，躺在床上大睡了兩天，全家只有 Migo 守在我媽媽的床邊，而牠，平常是不愛睡在床上的。

每次我出遠門，要離家幾天，都得請我媽媽到我家來幫忙看貓、餵貓，每次她都跟我說，我的其中一隻黑貓蔡嘿嘿只要發現開門進來的不是我，就會馬上轉頭回房，躲著再也不出來了。有天，我在上海，跟我媽說：「不如你手機用擴音，讓牠聽聽我的聲音，或許牠就會願意吃你餵牠的飯？」

結果我媽媽說，當我第一聲叫喚時，原本躲在房間衣櫃上的蔡嘿嘿，突然悶哼了一聲，旋即彈坐起，然後到處張望尋找著我的聲音。在上海的我，熱淚盈眶。

貓就是這樣的，牠們並不冷漠，只是不像狗那麼愛得張揚。當你眼與牠眼相對，你會讀到牠正在跟你說的話。雖然，牠們有的不讓人抱、有的喜歡躲在紙箱、有的不跟牠貓共進餐點、有的討厭你碰牠指甲，但這些都不表示牠們就是冷漠的，牠們只是堅持自己的喜好罷了。

牠們的獨特在於根本不在意自己到底獨不獨特，甚至牠們不以獨特為驕傲，牠們的驕傲就只是驕傲本身，就像蘋果的賈伯斯那句名言：「我不是希望被人討厭，我是不在乎被討厭。」

這是在電影《賈伯斯 Steve Jobs》裡面，當工作夥伴又被他的任意妄為惹怒時，忍不住問他為什麼希望被人討厭。他的回答，理直氣壯，沒有半點咬文嚼字的作態。

看完電影，我把這句對白放上臉書，來按讚的全是狗人，我看著邊笑，想，狗人一定很羨慕這樣的性格吧？就像我總羨慕貓們就算把玻璃杯、手機、電腦都弄到地上摔爛了，還是可以被誇獎好可愛一樣，牠們大概是地表上唯一能盡情做自己還被真心喜歡的生物了。

我曾經有一個女生朋友，處心積慮做出許多獨特的事情，看似脫俗，但當人誇獎她的與眾不同時，你可以感受到她說著：「哪有啊？我覺得很正常啊，你們才奇怪吧？」時的表情，有著忍不住上揚的嘴角。她很

樂，很樂別人說她與眾不同。

這不叫做貓，貓才不會這樣。

每次我離家工作超過三天，回家時，另外一隻黑貓蔡 Shadow 會在迎接我進門後，隨即轉身窩到牠的小角落，趴著，不管我怎麼摸牠，都頭也不抬，臭著張臉。

還會覺得養貓沒壓力嗎？所謂貓型人格，並不是讓你把牠擺在那不管的，一如牠即便真的會在貓砂盆裡上廁所，但你還是得去清理貓砂盆裡的屎和尿塊。

貓其實需要很多很多的愛，就像你愛你的狗一樣那麼的多，只是在此同時，貓還需要同樣多的空間罷了。

需要空間不代表冷漠，就像獨立並不代表堅強。雖然會哭的孩子有糖吃，但貓咪不屑，牠們要的是你心甘

情願地付出，而不是因為討好或是施壓而得來的關

懷。

哎，寧願當狗，當狗要輕鬆多了。

## 狗型相信

我從來不相信狗是真的 always 那麼開朗奔放的。每次看著草原／沙灘／路邊／公園裡，那些跳躍著撿球／接飛盤／被主人把飼料放在鼻子上／自己牽著自己的狗兒們，我都想著：你們，真的有看起來的那麼開心嗎？

牠們 always 把嘴張著開開，眼睛瞇得彎彎，尾巴搖得厲害厲害，雀躍二字應該就是為了牠們而產生的吧。但，這些事情真的有讓狗們喜歡成這樣嗎？

我的好朋友 Molly 是寶貝狗協會的首席訓練師，有天跟她聊到這個話題，她以一貫對待狗勾的溫柔，回答我的疑問：「當然不是啊。」

「那為什麼牠們看來那麼快樂？」當下我的嘴巴開開，就像狗一樣。

「仔細觀察，其實很多是焦慮的表現。」她解釋著狗與人之間的誤會。

「或許大部分狗的天性的確會喜歡追逐、奔跑、跳躍，但當然不是 always 如此，更不是每隻都一樣。可是當牠們一旦做了這些回應主人的動作後，主人通常就會表現得非常開心，於是牠們就會一直這麼做。」她說。

果然，這地球上根本不會有生物 always 喜歡做那些蠢事的吧。貓這樣想。

「然後主人看見牠們一直這麼做，就會認為牠們好喜歡這樣，於是主人也就會一直這麼做。」她繼續著溫柔。

所以狗與人類就是在這麼互相以為來以為去的循環裡，重複做著以為對方會開心的事。

「仔細觀察，你會發現很多時候，狗其實已經累了，但只要主人繼續丟飛盤，牠還是會用雀躍的模樣衝出去撿，此時就是焦慮，不是快樂了。」END。

＊狗的教學到此為止，更多疑問請洽「寶貝狗協會」＊

所謂狗型人格，在我看來就是這種狀態。當你給了他一個微笑，以後若發生同樣的狀況但你卻沒笑，他就會倉皇失措地盯著你，就像狗把飛盤撿回來給你扔，卻發現你怎麼不玩了的那種表情。

當看著草原／沙灘／路邊／公園裡，那些跳躍著撿球／接飛盤／被主人把飼料放在鼻子上／自己牽著自己

的狗兒們，貓很想問問這些狗：這些事情真的有讓你們喜歡成這樣嗎？

貓咪不懂，狗兒在意的不是事情本身，而是主人好像會因此而快樂。這些是即使把桌上東西全都掃到地上，還會被主人用娃娃音大讚好可愛的貓們永遠都不懂的心情啊。

狗們或許不是 always 都那麼開朗奔放，但牠們絕對 always 都希望主人因為牠們而感到開心。

所以牠們會讓你握手，聽你的坐下、趴下、不許動。牠們會把球撿回來讓你丟，牠們會在你出門後看著門，就等著能在你回來的瞬間給你擁抱。牠們也會在被帶到遠方遺棄的時候，傻傻地在車子後面追著跑。

因為牠們相信給你的一切，你是那麼喜歡，而這樣的你，當然也是好喜歡牠的啊。

當車子駛離，再也追不上，牠會乖乖在原地等，牠相信這只是個遊戲，但只要主人開心，牠可以一直等，牠要在你回來的瞬間，衝上去給你擁抱，就像平常你回家時候的那樣。

狗型人們也這樣相信著，一直一直相信著。至於自己到底是不是真的喜歡這些事，焦慮不焦慮，那可是全世界最不重要的事情了。

## 爆米花情人

電影的序場都還正在演，這包爆米花經過我已第二次。傳回去的時候，瞄了一下大家，是嘛，明明就記得每個人都買了自己想要吃的東西啊，於是，這包爆米花就在熱狗堡、吉拿棒，和其他爆米花的注視下，又傳回主人手上，包裝袋發出的沙沙沙，彷彿它正滿臉尷尬地說著不好意思。

她就坐在他旁邊，用電影票換優惠套餐的時候她說不要，因為吃不完，他就嚷嚷著反正可以分著吃啊。

「看這種片一定要吃爆米花的啦。」他神情興奮。

「好喔，那大家一定要幫我吃喔。」她點了大包，搭配兩杯飲料。

爆米花把妹法，遇上了爆米花被把法，成交。

真要看電影的時候，我都是一個人看，因為無法忍受相約時的繁瑣，光是約個時間、地點、看哪部、要先吃飯嗎？誰要先買票……就囉唆到讓我想殺人。所以當我和大家相約看電影的時候，心裡就會有準備，看的不是電影，而是外掛。譬如，友情、哈拉、gossip，是某種必要的社群關係，像臉書。這樣的實體臉書動態，常常比共享的那部電影還要精彩很多。今晚，使出爆米花被把法的女生，和用爆米花把妹法接招的男生，在多次相約的群聚行動中，終於讓大家心裡有數地自動空出位置，讓他倆可以坐在一起，不用像剛剛開始相約時，明明互相有意思，卻又得先走一趟 SOP。

譬如像是這樣：「看這種片一定要吃爆米花的啦。」「可是我吃不完啊。」「那我們合點一包？」「誒，

我們要坐在一起,我得幫她吃爆米花。」然後大家起身移位。

現在他們是這樣:在場面話般的爆米花巡禮之後,爆米花回到了女生手上,她直接交給男生,男生把那包被大家意思意思拿個幾顆走的爆米花抱在懷裡,開口朝向女生,兩人就這樣吃了起來。

眼睛雖然是盯著銀幕,但由於要避免同時都把手伸進袋子裡拿爆米花,所以還得分出餘光來感受旁邊這個人吃爆米花的頻率。

到底看進心裡的是電影比較多,還是旁邊這個人的動向比較多?

爆米花情人的曖昧,僅限於電影院。高手們會控制好

爆米花吃完的時間，如果心跳的速度沒有被銀幕的情節擺平，就會讓這包爆米花吃到電影最後，但如果被擺平了，某個恰當的時間，其中一個就會表明：「我不要了，你還要吃嗎？」另一方就會識趣的回：「我也不要了。」爆米花於是可憐兮兮的被放到座位下，等著丟進已在影廳外準備迎接它的大型垃圾桶。

如果這包假情假意的爆米花傳來的時候，我硬是霸佔著吃它個大半場、大半包的，不知道會怎樣？當它第三次經過我的時候，我這麼想。於是它在我手上活生生多待了好幾分鐘，臉上禁不住惡作劇的笑。

## 花裙子

站在衣櫃前，今天想要穿花裙子。

我喜歡花的圖樣，非細緻的那種，而是張揚的，愈張揚愈好，不管是線條，或是顏色。然而我並不喜歡花朵的本身，我討厭它們如此需要呵護的模樣，即便我知道它們並不脆弱，但討厭的就是它們這樣，若其實堅強，為何非得看來弱不經風呢？

這跟電影《撒嬌女人最好命 Women Who Flirt》所講的撒嬌不同，撒嬌本身就是武器，而願意撒嬌的人就是正大光明地拿出武器來與你對幹，畢竟電影是改編自一本叫做《會撒嬌的女人最好命》的工具書，人家就是坦蕩蕩地告訴你，撒嬌就是個工具，你要嘛就用更多的撒嬌來應戰，要嘛就使出翻白眼＋深深鼻息的不屑表態來抵擋，說穿了真的沒什麼。

但有些作態是像花那樣，表面看來若無其事，但卻讓你明白看到風一來她就要倒下了。其實會隨風搖曳的，就不會倒，大夥都知，不過人家都搞成那樣了，你好像不呵護就不行，不呵護就是你太殘酷。

我有個女生朋友，三不五時就會在手掌、手臂某處包上顯而易見的紗布，然後留下菸疤，在朋友聚會時晃呀晃的，讓我討厭的是，她永遠一副莫名其妙的笑臉回應大家說：「就沒事啊，你們太誇張了吧？」像是關心她的都是阿呆，然後她就盡情享受著這些阿呆各式各樣的勵志小語，整場聚會立刻變成她的勵志大會。

「跟你說，沒有什麼事情是過不去的。」阿呆一號說。

「傷害自己的人最笨了。」阿呆二號說。

「你這樣對方也不會在意啊。」阿呆三號說。

「人要懂得愛自已,別人才會愛你。」阿呆四號說。

我不是阿呆,所以我永遠不說。

對付這種惺惺作態的傢伙,我就是漠視。這是種被設下圈套的感覺,處心積慮地設下這種名為需要安慰的陷阱,等著好心人往下跳,到了底下卻看到了嘲笑的臉,像是在說:「嘿,你們這些自以為是的傢伙。」她的煩惱於是煙消雲散。

某天,又是同樣的情景,又是同樣的勵志大會,她又是同樣的一臉把我們當阿呆的表情,我也一如往常地什麼也不說。後來,她終於忍不住的,伸出那隻包上紗布的手,說要幫我拿東西,我真的把手上包包交給

她，然後跟她說謝謝，並且帶著甜甜的笑。我知道，我贏了。從此，她的勵志大會再也沒有邀請我。

並非冷酷，只是不喜歡這種被逼迫的感覺。她用她的傷，逼使我們被自己的道德感牽制，去說那些認為應該說的加油或是安慰，但任何形式的脅迫我都不會就範的。

這樣的武器我不喜歡，所以我喜歡花裙子。

我喜歡印在上面的這些那些張揚的花樣來告訴自己，其實不用故作柔弱也可以美麗，我從來不用假裝，這就是我的武器。

烤肉過節的事，颱風突然來了兩個，眾友把心思都放在到底是要維持烤肉？還是改到室內煮火鍋？到底是要約早一點，還是晚一點？到底誰要買什麼？酒要誰帶？甜點呢？

嗯，很好，黑武士再也沒人討論我的演出了。

9 月 15 號晚上七點半演出前，他們已經聚在一起過美好的中秋烤肉趴。我在群組裡看見他們上傳的一張張快樂合照，雖然早知道今晚無法參與，但還是有點痛恨為何台北沒達放颱風假的標準，這樣我們會停演，我就可以加入了。但想也就只是想，誰也不希望真的停演，對劇團來說損失太大，對已經買票的觀眾更是不好意思。

9 月 16 號晚上七點半，我在新光劇場演出台北第三

場的舞台劇《白日夢騎士》。

這天我一早九點就到飛碟電台主持《好男好女週五旗艦版》，烤肉趴開心玩樂的嗨了一整晚，大家是都還在狂睡吧？黑武士的聊天室裡冷冷清清。下午，我進劇場準備晚上的演出，黑武士們才開始有些零落的聊天，而這當中除了楊達敬問了我一下是不是今晚還要演出，以及小八的一句：「成功！」的加油外，再也沒有人對我今晚的工作有任何回應。

好啊好啊，冷漠鬼。我這樣想了大概三次。

故事工廠的大家只要一開始演出，就會非常專注，不聊天、不嬉鬧、不玩手機。我也加入了專注的行列，把冷漠的黑武士暫且放在一旁。

戲演完，劇團跟我說有人要到後台來找我，我想半天，唯一可能的就是今天送我花的大錢他們，我邊梳開我的戲頭，邊走到出入口，門一打開，就看到這幾個傢伙站在那。

然後我就哭了。

直到我們各自解散，到了停車場要開車回家時，我都還在哭。

後來看手機才知道黑武士中有人已經到了高雄過連假，有人還在上班跑宣傳，有人在拍戲，不能來的大家就幫忙能來的保密，然後這幾個傢伙早在看完戲的時候就傳簡訊來問我後台要怎麼去。

我不是應該會生氣的嗎，我這人的毛病不就是：說不

要就不要、無法被熟人看自己表演、討厭驚喜？但這次我完全沒有火大，一丁點都沒有。

大概是最近實在哭太多了吧？

九月初開始果陀劇場在上海的《淡水小鎮》，一回台北的當天就去了大任哥的追思會，第二天就加入故事工廠的《白日夢騎士》。彩排＋演出＋技排＋總彩排，接著一場場的演出，兩齣戲我都有大量的哭戲，雖然表達的形式大不相同，但是身為演員，投入情感的方式是一樣的。我沒上過任何表演課，不知道該如何運用技巧掉淚，每次演到哭戲就是來真的，完全無法假裝，偏偏我又是個討厭感覺悲傷的人，最討厭那些動不動就哭的一切，所以這段時間對我來說，簡直每天都是低氣壓。

那到底看見親愛的黑武士中那親愛的達、八和毛,我又是在哭個屁?

我不是心靈勵志掛,懶得分析自己,老實說我也不知道。但接連演出的這兩齣戲都是在講人生裡的情感。友情、親情、愛情,講失去,以及擁有。《淡水小鎮》我都演了十年,《白日夢騎士》雖然是接替吳怡霈的演出,但也已經加入了好幾個月,舞台劇迷人的地方,就是它逼你同一個文本要重複說上好幾百次。

當一句話重複又重複,當一個情節來過又來過,當一個劇作家想要說的東西經過一再而再地反覆表達,你會在很多個突然的當下,突然地理解各種當時上天要你明白的事。

而我,在9月16號的晚上,終於明白了擁有比失去

更值得讓人掉淚。至少，對現在的我來說，是這麼覺
得的。

黑武士，我很愛你們。就算你們來了，我還是祝你們
愛情順利一生幸福🖤。

## 嚴禁誤讀

那天在跟舞台劇《白日夢騎士》的導演／編劇黃致凱進行名為「白日夢相對論」對談的後台，我們聊到他臉書都在 po 登山的事。

他：「爬山真的很有趣，你可以試試。」

我：「我也很愛大自然，不過在室內觀賞就可以了啦。」

換成以前，我肯定附和地說著我有多愛大自然，還可以立刻想出數種親近大自然有多重要的美言，但這些年來，我已經可以坦蕩蕩地面對自己到底是一個什麼樣的人了。

關於親近大自然，我曾經在八斗子港邊，躺在車頂上，和好友們看了整晚的星星，也曾經乘著沒遮頂的

小艇，在大海中曬著太陽，吹著狂風，就為了到達某個不知名的小島。

除了這兩次，還有很多很多的戶外體驗，但一切都是因為工作。

八斗子那次是在拍戲，不得不待在那裡無法離開，結果沒想到有那麼多星星可以看。而坐著小艇尋找小島，是因為當時在主持旅遊節目，那個節目做了幾年，經歷過的可怕又有趣的戶外體驗可以說上好久好久。

這些過程事後想起來很美好，但以我個人真切的喜好來說，是絕對不會在放假的時候選擇這類活動的。

我是晚上才會出現在海邊喝著啤酒聽著音樂祭搖滾樂

的人，我是睡在飯店裡直到傍晚太陽下山，才要走到對面海邊曬月亮的人。我是可以整天泡在電影院不跟任何人說一句話的人，而且大部分的時候，我是寧願LINE，也絕對不接起電話的人。我可能不是大家想像的那類甜美又可人的人，但以前的我只敢在不具名部落格裡承認。

「殺死小甜甜」部落格是個讓我逃避眾人「誤讀」的地方。在那裡，我盡情地分享我愛的音樂、電影、文字，那時還有很多時間可以畫畫，盡是些黑暗帶血的作品，與「蔡燦得」形象完全不同，但我相當開心。

我根本就不想當小甜甜，無奈全部的人都把我當成小甜甜。而我，竟也就那麼不敢反抗地，繼續做著甜美可人又善良的女孩，我把眾人的誤讀當成指引，一步一步地走向與自己完全相反的地方。

誤會，是人與人之間，對事情看法不一而產生的扭曲產物，解釋開來就好了。但誤讀，則是會讓「被讀者」隨著誤讀就這麼走下去，最終迷失在眾人塑造出來的那個「你」當中。

如果不反抗，就會一輩子這樣下去，最後當發現墓誌銘上寫的那個人連你自己都不認識的時候，已經一切都來不及了。

但現在，我可以眼睛眨都不眨的、表情變都不變地告訴每一個誤讀我的人：「不是喔，你想錯了。」

不久前拍戲，現場道具有各式各樣的小盆栽，大家都在爭相拍照，並尖聲誇讚著它們有多可愛。其中有人問我：「你喜歡嗎？」我面不改色的：「不喜歡耶。」

一旁的趙自強大笑，說：「很少有人會直接說自己不喜歡花花草草的。」

我懂，就像是沒太多人會公開表明自己討厭小孩。

不過這種事情就是這樣，一回生，兩回熟。當你勇敢一次，在別人誤讀的時候，立刻糾正，你會發現這真的沒什麼，除非你就是想繼續活在別人的誤讀裡，但，那就是另外的故事了。

# 徘徊

總是徘徊在

要穿 **All Star** 還是 牛津鞋 之間

要喝 紅酒 還是 啤酒

要 按讚嗎

不如 遲到個五分鐘 吧

還是 不？

要現在就回訊息給他 還是

拖晚一點再回

以及

冷靜與熱情之間（好啦我知道這是日本小說）

不過這一切都是我與我的徘徊，與任何人皆無關。

我看著愈喳呼的人，就愈是保持冷靜，你愈是要我加入你的喧譁，我就愈是討厭你。熱鬧或孤寂都是我的事，我可以自己決定，如果此時你再加上一個眉批：「別總是活在自己的世界。」那在我心裡，你就是萬劫不復了。

誰都是活在自己的世界裡的，即便你自認能與別人的世界交流，那也是你自認的。

我坐的這家咖啡廳有個很大很大的後院，院子四面高牆，牆內與外都有比牆更高許多的樹。院子與室內，隔著透明的落地窗與手動的玻璃門。院子裡有零星的幾組桌椅，皆是破舊的沙發或是木頭小桌子，其實沒有什麼客人會真坐在那吃喝，冬天太冷，夏天太熱，

春秋兩季又稍縱即逝，並且台灣的蚊子四季都在獵食。於是，大大的院子，成了浪貓的基地。

五分鐘前，一隻玳瑁成貓，帶著四、五隻深色小貓，就在那道玻璃門邊徘徊，輪流往店裡張望。夜很黑，牠們就像影子晃著。

店主人說，某天，牠們就在那生了，他們就餵餵，順手照顧。「以後呢？」我問，「就看牠們吧。」她說。

許多事情就像影子，要不要開門讓影子成體，實在地緊抱懷裡，並不事情最重要的部分，意志，才是重要的。你的意志，他的意志，互相尊重。

我徘徊我的，與你無關。貓們徘徊牠們的，與我無關。門何時打開，生命自有安排。所以我真的怕極那些當

你不跟著他一起嗨的時候，就會勸你：「輕鬆點啊，幹嘛那麼嚴肅？」的傢伙，每次我都好想回：「自然點啊，幹嘛那麼浮誇？」

當我與玻璃門邊的大貓和小貓對看了一會，正想乾脆開門跟牠們玩玩好了的時候，牠們已然覺得無趣轉身追逐其他樂趣去了。

自由自在，輕鬆隨意，這樣很好。

跑

## 1.減法

幾乎試過所有能健身的運動，終於確定，只愛跑步。

最常跟自己提醒的就是，生活已經很多不自由，所以做選擇的時候，要盡量挑能擁有最大自由度的那個。跑步，就是非常自由的運動，有跑鞋，就行（許多人從小也就赤腳到處跑的）。

但偏偏，覺得自己不能沒有護唇膏／面紙／熱水／手機（音樂＋時間），結果我大都在家裡／飯店的跑步機跑，曾經幾次路跑都因為身上要背個袋裝那些，覺得煩，於是作罷。

最近，到澎湖拍戲，住宿地的健身房只到八點，所以我只來得及去了那麼一次。今天，狠了心，想說，管

他的，去路上跑跑吧，不帶一次護唇膏和熱水壺又不會死。海港就在旁邊，還不去跑跑才是笨蛋。於是我帶著電話，用耳機聽著 Keren Ann，一張面紙塞進運動褲口袋，另一手握著房卡，就這樣，沿著海港，跑跑走走，晃了許久。

原來路跑是這麼讓人開心的事！一路上我這樣想。原來沒有護唇膏和熱水壺真的不會死！回住宿地的路上我再這樣想。

有天，我將會連時間都可以放著不管，路上的聲音就當作音樂，連自由都不再想到，就是真正的自由了。

至於，面紙⋯⋯是因為過敏總是要擦個鼻涕的。

嗯。

## 2. 或許是風把寧靜吹來了

誒，我說啊，路跑原來那麼嗨。

今天，想說，都要離開澎湖了，雖然不是個觀光景點人，但想想，今天時間也空空的，沒戲，不用出班，既然來也都來了，那就還是去旅遊指南中所介紹的那些該去瞧瞧的地方瞧瞧好了。

包了台計程車，開車大姊人很好，不多話，該介紹的也還是介紹。13:00 出發，不搭船的行程，16:30 就已經到達我的極限了。我坐在隘門沙灘旁，看著海，想著，這大姊一定很挫敗吧？她剛剛把車停在大菓葉柱狀玄武岩前時，我就坐在車上望向窗外，眼睛根本不知道該看哪。「可以下去拍拍照啊。」她說。

「你是說拍那片石嗎？」我得再確認一下。

她肯定覺得我蠢斃了，連這麼知名的石都不知道。

我不是不知道，但我就不是觀光景點人，全世界任何去過的觀光景點，我都是一樣的心情，就屬於那種「既然來了，就看看吧」這樣。連當時到了日本富士山，我也一樣的感覺，加拿大的大瀑布也是。

傍晚，回飯店的路上，問了大姊哪有小攤子的小食可以帶回飯店吃吃，她帶我去一家在馬公的香腸攤，那除了香腸，還有關東煮、糯米腸，我挑了一些，與老闆娘聊得愉快，她差點不收我錢，上了車我問大姊，才知道這家叫做阿豹。今天應該就把我丟在城市裡讓我隨便亂晃亂聊的，我這樣想。

吃完東西，換上跑鞋，今天路跑我直接殺到對面的國小，不再在其他路上花時間。我想要在這遊蕩久一

些，真是喜歡這個學校的風，和在裡面運動的人們，人不多，有些是一家大小一起散步，也有學舞的婦女們，就跟其他城市裡，晚上到學校運動的民眾們會做的事情都一樣，但很奇怪，這裡有種特別的寧靜感。

練舞的音樂也是放著的、打球的人也是叫囂著的、繞著操場散步的人也是互相聊天著的，還有人帶著的手機音樂是用擴音播放出來的，但就是不顯吵，或許是風把寧靜吹來了。

今天週末，多了好幾隻狗，運動的人們帶來的，狗兒互相吠叫、打打鬧鬧，主人們也在旁用聲音斥喝著，但寧靜還是寧靜著。

今天我不再用耳機聽音樂，我是為了聽這些寧靜而來的。突然，學校三分之二的光源熄滅，整個學校變得

比前幾天都暗。我嚇了一跳，以為是開放的時間到了，就在這個時候，有幾束移動的光，從教室區塊裡飄了出來，伴隨著孩子們嘰嘰喳喳的講話聲。仔細看會發現，那是一個大人，帶著幾個小孩，共用著四束光，不知道在做什麼探索。整個晚上，他們就在校園裡走來走去，四束光成了非常好看的景色。

某一個瞬間抬頭，看見了滿天的星，我放下跑步這件事，躺在操場邊的高台，一直看著星星。

旅行就該這樣，雖然此趟我是來工作。而生活裡隨時都可以這樣旅行，我好像有點開始理解路跑的意義。

近日，差不多又得逃，因為身邊出現久違的一枚。每次遠遠見這人向大夥走來，就彷彿聽到耳邊有導演在喊著：「……and……action ！」腳步一踏進友圈範圍就開始剛剛那些以上，毫無秒差，就像是在錄實境節目，節奏之準常讓我不得不懷疑是不是真的有隱藏式攝影機跟著。

然後接下來的時間，就看到這一群人，對著隱藏在此人心裡的攝影機，傻嗨著、喳呼著，嘻嘻鬧鬧。貌似開心地附庸，熱絡歡笑，但毫無紮實感，是只要有收視就好的那種。

表演型的人格沒什麼不對，只是我討厭假裝罷了，但如果我還算有點喜歡你，我可以為了你的開心，勉強自己表現得好像覺得你挺有趣，但當你愈喳呼，我就愈冷靜時，你就要知道我是認真在討厭你了。

於是我逃進小路上咖啡，在陳舊的木頭桌子上把倉惶
寫下，老闆娘過來招呼，那熟悉的距離，很適當。餘
悸，消散在耳機中 DJ KRUSH 的音樂裡。

對我來說，有時候一間合拍的咖啡廳，才是全世界最
懂你的朋友。

## 霓虹，是嫉妒的顏色

嫉妒其實很熱血，因為它讓你覺得一切都還有希望。

我竟然是從他口中聽到你已經交了女朋友的消息，而他對我來說，只不過是生命中的某個路人，是結束這檔合作，可能連 LINE 都只會發送節日祝福的那種。

噢，或許我們根本不會交換 LINE。

曾經想過，如果某天，你真的交了女朋友，我應該會很難過很難過，但聽到這個消息的當下，我竟然覺得也還好，於是我想，肯定是因為這個消息是從眼前這個路人口中得知的，他是那麼的不經意，把對我來說那麼重要的，足以擊碎鬥志的這事，當成是個星巴克買一送一似地隨口一提。

「他和他女朋友出國的時候啊，把車交給我，結

果⋯⋯」他講得樂淘淘，甚至沒注意到我重複了女朋
友這三個字，後面還加上問號。

我不能原諒這個人，他成了你的代罪。在那一刻。

後來大家約了見面，在你為她搭建的新房終於裝潢完
畢的第二天。名為入厝趴的聚餐，每個帶著新居禮物
前來的舊友，哪個不是像我一樣其實是想見見你的新
女友？

「他從來沒有公開過女朋友耶。」友們彼此的耳語，
在網際網路裡飛散。

女友笑盈盈迎接，站在門口的模樣，簡直是修圖完美
的人形立牌。膚白、髮黑，妝容精緻，無一絲凌亂。
整體打扮看起來像公關公司的主管剛剛下班，沒想到

她還真的是某集團的媒體公關。

「嗨，歡迎各位。」她甜笑，「不好意思，讓大家特地跑來。」音質細嫩，口齒清晰，尾音上揚，顯然她的講話方式還沒有下班。

大家被她帶領著參觀新陳設，「這沙發他為我選的，手工打造，很多人在排隊。」「這我的衣帽間，他的衣服給他幾個 3M 的掛勾就好，呵呵呵呵呵。」「這燈是我瞞著他買的，不然這價錢他會殺了我。」看著她介紹著自己的幸福，我想，她講話的方式是不會下班了。

在她愛燈下的餐桌吃飯的時候，終於舊友們可以好好跟他聊聊。席間，不免講些以前一起工作時發生的好笑事。然而故事往往還來不及轉述給她聽，就被攔截了。

「他有跟我說過，我也覺得很好笑。」她搭著我們的笑聲，打斷所有的故事，笑著她根本不在場的那些曾經。

她每個話題都可以攔截，每個屬於我和他的回憶，她都在這個晚上，她的愛燈下，如此積極地參與了。她笑著那些「他有跟我說過」的過往，就像她當時也在。

最後，在她再度攔截某個關於我們幾個老友去住過的民宿話題時，「那個民宿他有跟我提過，我估狗了一下，真的很美。」我終於忍不住地瘋狂大笑了起來。

「幹嘛，笑什麼？」她笑著問。

「沒有，就覺得你好可愛。」我笑著答。

我發現她對我們的嫉妒，或許遠遠大於我對她。所以

後來我故意坐在你身邊，像以前我倆講話時習慣的那種距離，在還沒有她的時候那樣。

嫉妒很勵志，它讓人覺得一切還有希望。

你家路口，熟悉的霓虹燈閃耀著，而霓虹，是嫉妒的顏色。上車前，我在你剛剛上傳的臉書動態，我與你的合照下，給了一顆 🖤。

我要讓你看看，霓虹的顏色。

延伸閱讀：

關於霓虹與嫉妒的聯想，來自電影《霓虹惡魔 The Neon Demon》（2016）。故事是發生在時尚界的模特兒圈中，Elle Fanning 的美貌和際遇讓身邊的人都陷入了難以言喻的嫉妒，以至於做出許多不可思議的瘋狂舉動。導演／編劇 Nicolas Winding Refn 用實驗的手法，來表現這人性中最難以自處的情緒。

## 貓與喜歡的你都不見了

我一直覺得你這個男生很不錯，怎麼說呢……就是感覺，還挺愛動物的樣子吧。

人對人有愛心，是滿合理的事情，但要是能對動物也能展現同理心，在我心裡就真的是能加很多分。

不過其實你是沒有養任何寵物的，所以到底是哪點讓我覺得你挺愛動物呢？嗯，譬如，你幫有事幾天不在家的朋友們照顧貓的時候，真的是很用心。你不是餵了飯、換了水就走，還會留下來陪貓們玩、會清貓砂盆，還關心室內空氣流不流通。這些，在你上傳到臉書的照片和貼文中看到時，還挺感動的。

你也會幫忙分享流浪動物的相關文章，或是動物們可愛的影片，當有虐待動物的新聞時，你顯得比任何人都更火大，在轉分享相關新聞的貼文中，你說要是讓

你遇見這些人，絕對不會輕易放過他們，也通常引來許多留言，紛紛讚美你的善心。

認識你好一陣子，也不是沒有問過幹嘛不領隻回家養，既然這麼喜歡？你說，工作時間很不固定啊，擔心不能好好照顧，也會擔心萬一得要面對牠的死亡，你會太難過。

你種種行為言語透露出的那對動物們的輕柔的心，都讓你在我心裡漸漸成為一個特別的朋友。

現在回想起來，那天一早，似乎就有跡象顯示，將會是很不同的一天。怎麼說呢……

冷氣在我要打開的時候，提醒要換濾網的燈亮了。我盯著那台半天高的冷氣，家裡唯一可以讓我爬高的那

應該？到底是有找到還是沒找到呢？

「我哪知道，忙都忙死了，沒時間問啊。」你在群組中丟來了這句話。

那天一早就是個奇怪的日子，日常突然被改變慣有軌跡，肯定就會有什麼不好的事情發生，這是我的小迷信。

才買的冷氣，怎麼就要換濾網了？不該沒備份的咖啡濾紙竟然一張不剩。我根本每寫個幾行就肯定會按儲存鍵的神經質，怎麼可能打好的文章會消失！

然後，那隻無辜的小貓被丟棄，然後……

「我哪知道，忙都忙死了，沒時間問啊。」我看著你的這行字，瞬間明白了不見的不只是貓，連曾經好喜

歡的那個你也都不見了。誒，怎麼說呢⋯⋯

讓我無法忍受的裝飾品有很多，譬如那些什麼稀有動物的毛、壓榨勞工而得來的昂貴石頭、就算埋到下個世紀也都不會消失的塑料⋯⋯以及愛心。

我不禁想，如果這件事情是發生在網路上大家都可以看得到的公開貼文，而不是只有私底下群組知道的事，你又會怎麼處理。

當發現生活中那些常常讓自己表現得很有愛心的朋友，最終也不過是個只關心自己事情的傢伙時，在我心目中的好感度就是瞬間化為零，不可逆。

傷腦筋。

延伸閱讀：

Yen Town Band 是來自岩井俊二導演 1996 年的電影《燕尾蝶 Swallowtail Butterfly》中，因為劇情需要而虛構出的樂團，主唱是劇中的角色固力果，由日本歌手 Chara 飾演。當時隨著電影的上映，發行了 Yen Town Band 的首張專輯，二十年後，再度由小林武史與岩井俊二合力，推出第二張專輯《diverse journey》。

## 臭男生抽獎箱

「喔……是喔。」他又一臉呆滯，從口中吐出大概他今生說出的第八千次「喔……是喔。」我嘆了口氣，連白眼都懶翻。

如果人生是由無數抽獎箱組成的話，這次我又從屬於「臭男生」的抽獎箱箱中，抽到了「詞窮」這張。

臭男生抽獎箱中，到底還會有哪些驚喜呢？詞窮、球賽、電玩、車子、睡覺、釣蝦、亂穿、抖腳……都是曾經抽中的，這當中，抽到「詞窮」的機率，大概就跟百貨公司刮刮樂刮出「銘謝惠顧」一樣的高。

在此分類中的男生們，最大的特色，就是當你跟他講任何心事的時候，會一臉呆滯地看著你，或是看著前方的地面，或是看著你和前方地面中間的空氣，然後不斷地用他們專屬的節奏，在每個你期待有回應的斷

句中，用不同的語調，回答你：「喔……是喔。」

有高八度的、平鋪直敘的、有疑問句、驚嘆句、有深深嘆息的，總之，他們就是有辦法證明自己真的有在聽你說，並且感同身受，只不過，詞彙似乎比我家的貓還少。

我看著眼前這人，想著我今晚與他的一席話，明明我講述的是那麼讓人氣憤的故事，而且是我遇到的耶，是那麼誇張的、那麼瞎的事，任誰聽到都會火冒三丈的吧？他到底是怎麼辦到的，竟然能讓自己從頭到尾只說出「喔……是喔。」這三個字？

「喔……是喔。」他又說了一次，回應我的：「先這樣，我回家囉。」

我低下頭，看了看手上那張已經捏爛的抽獎券，起身離開座位，走出咖啡廳。他跟在斜後方，邊走邊抓寶可夢，說他大概再寫完一篇稿子就會回家，那個誰誰誰還要到他家開會。

「前面右轉就到了。」他告訴我剛剛幫我停車的車位方向，哇真的很近。只不過車子前後都緊緊停靠了摩托車，我再次嘟囔了這些人停車怎麼都不管別人死活。他把鑰匙拿去，上了車幫我開出來，跟他道再見的時候，問他知不知道附近哪裡有加油站，因為剛剛開來時油箱已經亮燈了。

「喔，我剛剛幫你停車的時候已經先開去加滿油了喔。」他一副才突然想起來似的樣子。

超級感謝，他又死不收錢。後面來車想停我的車位，

於是我把車開離了詞窮男，回家。在家門口沒看到應該要到貨的 PC Home，天哪，我訂購了貓砂，要是今天晚上沒到貨，我家的貓廁所就要缺砂啦！

擔心兮兮的打開門，發現那兩大紙箱已經在屋內，手機很剛好地響起，是他。

他：「到家沒？」

我：「剛進門。」

他：「到家就好，掰。」

我：「誒，等下，貓砂是你幫我搬進來的嗎？」

他：「喔對，今天過去幫你換燈泡的時候，看到就順便幫你搬進去啦。」他又一副才突然想起來的樣子。

我：「蛤，你不是早上很忙？」

他：「彎一下過去也不會耽誤多少時間啊。」

我：「喔……是喔。」換我詞窮了這下。

我把手上那張抽獎券攤平，貼在牆上，覺得怎麼好像
愈看愈喜歡。

經過長時間的努力後，現在的妳，離妳最喜歡的韓國女明星愈來愈近了，「妳變好漂亮喔！」我也跟著大夥忍不住的驚呼。

黏上這副假睫毛後，我就會變得那麼漂亮了嗎？我把眼睛掃向化妝師已經準備好的假睫毛。

後來的某天，我們相約喝個咖啡，聊聊近況，妳秀出手機裡那位韓國女明星的照片，笑嘻嘻地跟我說：「花了那麼多時間和金錢，我終於和她長得一樣了！」然後妳滔滔不絕妳的醫生有多厲害，好多人也都去找他，說想要像這個女明星一樣，「結果都做成功了喔。」妳好快樂。

但我想到有好多人跟妳一樣因此那麼快樂，卻突然覺得有點傷心。

「不要好了，我喜歡它們原來的樣子，哈哈。」我有些不好意思的笑了，再次拒絕了我的化妝師想要幫我黏雙眼皮以及貼假睫毛，好讓我看起來更正的打算。

其實每次都是這樣的，面對旁人的建議，我都還是會猶豫，還是會動搖，特別是當自己的理念和這個世界不太相同的時候，難免會懷疑，到底誰才是對的。

只是從剛開始的每次都被說服，然後看著鏡子裡那更漂亮，卻完全不像我的樣子後悔，到後來猶豫的時間漸漸變短、被說服的次數減少，最後到了現在，考慮還是會，但幾乎不再被說服了。

我也愛漂亮，我也想讓自己的外表變得更完美，但我不要讓自己變成另外一個人。

「我其實想念妳以前的樣子。」我把這話放在心裡，

沒有對妳說，因為那是我的事，與妳無關。就像如果你覺得我可以更漂亮，像那個誰，我也希望你把話放心裡就好，不要對我說，因為那是你的事，與我無關。

## 衰小人生的衰小戀情

大家約唱歌,他新交往的女友會跟來。初次跟大家見面,他說她很緊張。

「我們才緊張吧?」,但我沒這麼回。畢竟那女生被他講得感覺很神經質、愛生氣、會吃醋,又緊迫盯人,要是我們疏忽大意沒表現好,會不會害了他呀……

傳說中,人在倒楣的時候不要展開新戀情,因為時運不濟,會吸引到的都是不好的東西,包括人。

我回想了一下我的幾段爛戀情,當時感覺的確衰衰的,但我實在是無法分辨到底是因為我當時太衰,所以才會遇見那些爛人,還是因為那些爛人,才讓我變衰的。那我也想了一下他近期的人生,的確也是衰衰的,被前任分手的那陣子,工作也被客戶挑惕,手上case 做了好幾個月無法結案,收不到尾款,又被房東

漲房租，匆匆忙忙搬了家。

「衰爆了。」他說。

不過這都是他說的，畢竟我不認識他的前任女友、前任房東，或任何客戶，無法得知事情真相到底是怎樣。只知道他狂找朋友訴苦，熟的不熟的朋友聚會，都會見他出現，罵完客戶和房東，就會泣訴前任女友的不留情。

「狠甩耶，真的。」他滿臉淒慘，像隻被丟棄的拉不拉多。本來不熟的我們，那陣子變超熟，因為到哪都遇到他，臉書私訊裡也常常亂聊。

在他被分手的一個禮拜之後他就開始追我了。

然後第二個禮拜後，他就開始追另個我們共同的女生朋友。

然後我和那個女生發現，其實他是同時在臉書私訊裡追我們，「當我們彼此不說話的嗎？」我和她笑翻。於此同時，另外一個女生朋友，來問我是不是認識這個男生，因為「他突然來加我，然後每天私訊狂約。」她顯得很困擾。

然後再過沒多久，他的現任女友就出現了。

他說，是對方先跑到他臉書來留言，他就回聊，聊了幾天，就發現愛情來了。

然後，他這人就開始歪樓了。

行蹤神秘超難約，在群組有正事找他，他也回個一兩

句就會不見，隔好久才會再出現繼續講，非常莫名。朋友打電話關心他，得到的是吞吞吐吐的場面話，似乎有人在旁監聽著，給他的留言全都已讀不回，可是狀態明明顯示他一直都在登入中。

以此類推，他目前的德性，肯定是女友很難搞。所以當他表示，女友要一起來唱歌，大家都超級緊張，深怕惹得他女友不高興。

終於在 KTV 見到久違的他，我嚇了一跳，他整個人看起來比談戀愛前還衰的樣子。我腦子跳出那個「人在衰的時候不要談戀愛」的傳說，覺得大有可能，不然怎會談了戀愛，風采反而全都不見了呢。

只見整夜他都在顧著那個女生，端茶、遞酒、點餐、點歌與卡歌，還忙著演甜蜜，摟肩、自拍、摸頭、互

餵，除此之外，那女生對我們其他朋友的唯一互動，就是在她男友與我們講話的時候，那緊緊盯著的雙眼。而她手上始終握著的，是男友的手機。

我看著他女友那警戒地看著全場女生的模樣，再看看她手上的他的手機，相信她此時心裡所想到的，都是她男人與我們在網路裡的所有對話內容吧？

那個晚上，他們要告別前，她女友去上廁所，他靠了過來，問我：「你有沒有聽說過，人在衰的時候，不要展開新戀情？」我不可置信地望著他。

「我最討厭愛吃醋的人了，偏偏遇到她這個鬼，衰爆了。」他看看廁所的方向，「好在她明天就出國，你有空嗎？出來喝酒，就我們倆。」

我想，那個傳說，搞不好就是像他這樣的爛人想出來
的。到底是人很衰才會遇到爛戀情，還是爛戀情讓自
己很衰根本不是個問題，問題應該是：到底是因為人
爛才老是吸引到爛人？還是他本來就很爛，不管吸引
到什麼人？

人爛不要拿運勢出來說嘴，這招對我沒有用。

「滾遠點。」我給了他一個白眼。

## 四十七年

遠遠地，我見那會場的佈置，簡單、典雅、不搞排場，我這方向白痴就知道走對了，因為一看就是他們家的作風。

才靠近，接待人員立刻上前親切招呼：「是男方這邊的，還是女方這邊的？」我報上女生朋友的名字，於是右邊胸口被別上了緞帶，接著被帶往簽到桌簽名。

擺在簽名本旁邊的花，好眼熟，想想，應該就是前幾天，我這女生朋友在臉書上說，她爸爸買來送給她媽媽的花。她爸爸當時感嘆著時光的飛逝：「四十七年了啊。」讓臉友們紛紛留下覺得甜蜜的祝福。

想到這裡我不禁微笑了起來，四十七年耶，兩老，真不簡單。

入座的時候，儀式已經開始了。不是故意要晚到，對於方向白痴來說，開車的時候有導航，但離開了車就完蛋，網路地圖也不可能讓你搜尋「XX廳」這種的，不過還好，趕上了司儀的說話。

司儀不疾不徐地，用溫暖的語調，介紹他們倆認識的過程。

老先生當年跟著戰爭來到台灣，沒多久就認識了老太太，在那個動盪的年代，他倆決定跟著對方，迎向未知的生命旅程，一晃眼，就度過了四十七個年頭。

才聽到此，許多賓客就哭了。

司儀接著講他倆是如何的彼此互相扶持，如何的經歷了許多的困難，從無到有，建立了一個家。如今兩

個小孩平安健康，各有成就，就是夫妻倆最大的圓
滿……

這司儀好會講故事，起承轉合拿捏得超好，成功地把
人帶進老先生與老太太的這四十七年，大家似乎都跟
著他倆經歷了許多的悲與歡、愛情的浪漫與生活的現
實。

賓客們已經完全不掩飾的哭翻了，他倆的子女更是。

我忍不住想，當我站在台上主持典禮的時候，到底有
沒有他這樣的功力呢？哎，有些場合就是容易讓人分
心的想到「如果是自己的話……」但今天的重點畢竟
不是司儀，要想也應該是想「如果是我和誰攜手共渡
了四十七年的話……」才對。

有一部電影叫做《四十五年 45 Years》，故事的主角，

就是一對正在準備結婚四十五年紀念派對的老夫妻。看電影的時候我也一直分神,「結婚四十五年耶,到底是什麼感覺呀⋯⋯」但今天的主角比電影裡的更厲害,結婚了四十七年。

然而不管怎麼想,都還是覺得好幸福的。兩個人到底要有多大的勇氣和毅力,才能夠不管發生什麼事,最後都還是願意回到對方的身邊,繼續一起前進呢?我想,這絕對不單單只是因為「結婚了」而已吧?如果真能攜手到老,再來結婚,好像也不賴。

就在我東想西想的時候,儀式已經來到最後的階段。司儀請夫妻倆的兩個孩子,扶起已經八十多歲的老父親,好讓他謝謝老太太的陪伴,並向老太太告別。

我從亂想中醒來,不得不開始面對這並非是一場婚

禮，而是一場葬禮的事實。

老太太年前發現病了，努力治療後還是走了。

不是只有婚禮才會讓人感到幸福，我就老是在葬禮感
受到幸福。對我來說，婚禮只是開始，而葬禮才能看
見全貌。婚禮是個希望，葬禮卻是踏實。回頭看看那
些曾經擁有的，那些已經屬於彼此的，是種真切的
美。

老太太的棺木被抬離會場的時候，老先生緊緊跟著，
兩隻手臂雖被子女攙扶著，但他還是堅持伸出手比了
比方向，口中像在交代著什麼似的，我已淚眼，看不
清楚。

同樣是紅毯，轉眼四十七年過去，當年青春正盛的姑
娘，從紅毯的這頭走進，而今她的棺木要從紅毯離

去。不變的是，守在身邊的那人，與當年一樣地細心呵護，一樣地溫柔指引著前進的方向。

他們是彼此人生的導航，如今他陪著她走完這最後一段路。不管是幾年，都是圓滿。

延伸閱讀：

電影《四十五年 45 Years》（2016 台灣上映），男主角在和妻子結婚即將滿四十五年的前夕，收到了消息，說是五十年前登山時失蹤的初戀女友，屍體找到了，就在山上被冰封了數十年。四十五年的婚姻，在太太心中開始翻攪。電影藉由婚姻，講述逝去的一切，迂迴、優雅，卻殘忍。

雜

## 1.臭

有些事情看來很香,但事實上是臭的。

譬如有些社群網站上的那巧笑倩兮,穿著戴著擦著的
無比甜美的精緻妝容下的分享,每一個眼神都香醇濃
郁,不過聞到的是銅的臭味。

還譬如有些人老說得滿嘴蜜語,滿臉誠懇地似乎你就
是他永遠都要擁有的一切裡的其中那最重要的,但後
來發現其實只有口臭的味道。

譬如不完。上面兩件事我都做過,所以舉例。但做過
的還真的說不完。

那些原本應該是香的,沒想到最後卻是臭的事,在當
下我是那麼的認真,你也是,他也是,誰也是,大家

都是，當下那個片刻就是真的，沒騙你，我每次說出口的一切絕對是百分之百的真心。

然後呢？

然後，就是另外一件事了。「然後」一向都是另外一件事，與當下無關。

只有海，看起來是香的，事實上也是。不管你人來，人往，當下或是然後，它都在那。

它順著自己的節奏，兀自平靜或是咆哮，自己心安‧理得。

看著海，總想，要是能被它擁抱該有多好。

所以總是離它離得遠遠的，畢竟這種真的是香的這些

與那些，與當下無關，他們是屬於然後的，於是，也就與我無關了。


## 2. 寫著寫著

寫著稿子，寫著寫著，突然就歪樓了。

想到了一些誰，奇怪，人呢？都到哪去了，從哪個點之後就再也沒見了，又會在哪個點中再次出現？

那天遇見陳昇哥，我們就坐同一班飛機，就隔壁座位，他抬個腳就得擔心會撞到我的那種，雖然名為商務艙。但我們直到好幾個小時後下了飛機，拿完行李，才認出彼此，笑死。

那我就想，那些莫名奇妙剛剛被我想到的他們，是不是也老是這樣的我們就錯過了呢？

我突然想起，趕快跟他說，誒，我好愛你的那首〈細漢仔〉，但有那首歌的 CD 再也找不到了。那是我最喜歡的華語歌，好吧，台語。凡事非得分得那麼細嗎，好像有點蠢。

馬上他回工作室就找了一張給我。

那些消失掉的人如果能這樣就出現，不知道我會不會開口？

只是寫著寫著，就歪樓了，然後離開書稿，來這晃晃，隨便記記。找照片的時候，找到這張不知道啥時拍的，而我現在的髮型，又回到照片這一模一樣的樣

子了。

如果早知道又會回到原點，不知道還願不願意走那一
遭？

好多問號，不過我也沒真想知道答案就是了。

## 3. 獽獽的

獽那天走進錄音間的時候，大家笑得好開心。

「你當初為什麼要選擇當個動畫師？」

「辦公室裡你最討厭誰？」

「如果可以，你希望過什麼樣的生活？」

「你幾歲啦？」「談戀愛嗎？」「什麼星座？」「你還打算出單曲喔？」……

問題好多，幫聽眾問的、幫狐獽大叔策劃者提出的、幫節目熱場故意裝傻的，隨著獽的毛茸茸一身的討喜，比手劃個腳，大家都好樂，熱絡。

狐獽大叔出了本叫做《低調赤裸！狐獽大叔之職場亂

鬥》的漫畫，把動畫界的一切陰暗人格與故事用誠實的筆法露出，但卻把寫實的心情藏在各式可愛動物的身軀裡面。辦公室裡，有狐獴、有老鼠、有兔子……然後再以高調的狐獴大叔 look，宣傳這個低調的赤裸。

我好愛狐獴大叔，看著他表情固定的臉、設定為樸實溫暖的大手大腳，還有那能融化人心的粗壯諧趣尾巴，我真羨慕他可以堂而皇之地秀出他那身皮毛，就是種「嘿，我就是穿戴著狐獴外衣的傢伙啊。你知道的，但我並不是真正的我喔。」這樣的姿態。與狐獴大叔交流的過程中，你理所當然不斷揣想到底裡頭的那個，是什麼樣子的她或他。

但其實我也只不過是披著人形的我罷了，與外在這 look 完全無關啊，就像狐獴大叔一樣，我也並不是我

喔。我的人形帶著甜笑，替我向這個世界一一說明。

但，行不通。沒人在乎。

你就是得要有「人」的樣子啊，誰叫你選擇的是人形呢當初？我的人形看著其他的人形，聽見風帶來這樣的嘲笑聲音。

我捏捏自己，拉扯著，誒，到底需要花多少力氣才能卸下這身？人形臉上的笑容幾近完美，像獴的表情固定。可偏偏因為是個人形，所以大家都當真了。

誒，可惡，這人形披著久了，脫都脫不掉了。

我滿頭大汗，但人形依舊從容。

## 那就算啦

被告知節目要把我換掉的時候，我沒做半點抗議或爭論，即便他們給的理由對我來說簡直是個何患無辭，但我只說了四個字：「那就算啦。」

我聽見對方在電話裡發出驚嘆號的聲音，或許他預期的是一段討價還價的過程，而我還是選擇讓整件事情就這樣劃上句點。

為何不爭取？應該要努力？我先來說說養貓的事。

家裡養的貓，都是牠們選擇與我一起生活的。舉其中幾個例子，領養 Shadow 前，我看上的是另外一隻黑色的貓，流浪動物花園協會的 Mindy 勸我別排那隻的隊了，因為好多人在等，不如來看看還有一隻黑色的，「好可愛，而且還沒人要。」她說。

好可愛哪裡會沒人要？但牠還真是整窩的兄弟姊妹全被選走了，就牠沒人問，怪了我就是好愛好愛牠。

另一隻 Naruto 更是神奇，那天我去內湖收容所拍領養動物的宣導短片，收工的時候，正遇見送進來的好幾箱才抓到的流浪小貓。每個箱子都滿滿的小貓啊，我決定跟著志工一起把那些被雨淋濕的小小貓先擦乾身體。我才打開其中一個箱子，就被叫去先戴手套，等我再回到桌子旁，原先桌上那些箱子都被志工們帶走處理，只剩下另外一個箱子裡的牠一隻小貓了。我打開箱子的瞬間，牠就死命的往我身上跳，然後扒著我的衣服不放，就這樣，我把牠帶回了家。

蔡摸摸是我和朋友從高雄收容所弄來台北的，放在瀚生動物醫院等待認養時，一家三喵，也是只剩下牠這隻當初網路上的人氣王竟然沒人要，也被我帶回家。

「真的，我的狗也是牠來選我的。」好友說。他當初到朋友家去看同胎生了十四隻的小小狗，就牠這隻一被他抱在懷裡就熟睡，還怎樣搖都搖不醒，於是成了我這好朋友在台北生活的唯一家人，相伴了十二年，最後還為牠出了一本書叫做《第十個約定》。

講到寵物，我們都深信是對方來選擇自己的，而且可以說出很多很多神奇的故事來證明自己絕對不是唬爛。但是面對其他的人事物，我們卻又深信只要努力就可以得到。

「努力」就像是身在正面字群中資優班的班長一樣，總是和副班長「加油」倆到處勸人不要放棄，繼續撐下去。偏偏我比較吃「感覺」那套，而它絕對不是身在正面字群裡的一份了，它有點邊緣邊緣的，就像我總是比較喜歡的獨立音樂，因為更真實、更有人味、

更勇敢。

任何事情在即將失去的時候，都是會有感覺的，但你
必須勇敢去面對。一個人的心已經不在的時候你其實
會知道，一份工作已經無法繼續的時候你也是會知道
的。有些曾經天天黏在一起的朋友，某些時刻你會發
現漸漸地開始疏於聯絡。這些當初自己來選擇你的一
切，在決定離開你的時候，是會讓你感覺到的，只是
我們通常不敢去面對「感覺」，寧願選擇相信「努力」
與「加油」，最後搞得兩敗俱傷。

「那就算啦」是我的盾牌，我用它來面對人生的無
常，生活的無奈。那個好喜歡的男生，曖昧了許久，
就是不見下文，那就算啦。那個好喜歡的工作，努力
了許久，還是被換下來，那就算啦。那些等了半天還
是得不到的答案，「那就算啦。」我總是這樣說。

於是那些臨別前的欲加之罪傷不了我，冷漠無視也弄不到我。屬於我的，總是會來找我的，在那之前，人生很短，不用勉強。

那，蔡嘿嘿怎麼來的？

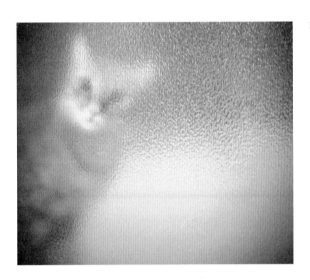

## 因為

我默默收集著那些「為什麼不」，想看看還會有什麼讓我驚喜的收穫。

「你為什麼還不結婚？」「你為什麼不想生小孩？」「你為什麼不在台北買房子？」……嗯嗯，沒有，沒有驚喜。

「你為什麼不穿亮點的顏色？」我的私服都是非黑即白，有人這麼建議我。

「你為什麼不換深色的？白的容易髒。」當我又換了台白色的車子時，他們說。

「你為什麼不買淺的顏色？黑的晚上開危險。」這次我真的換了黑車時他們說。意料之內，再來。

「你為什麼不多睡幾個小時呢？」你以為我不想啊？

「你為什麼不租個停車位？」你要幫我付錢嗎？

「你為什麼不養狗？」我還想養台灣黑熊呢。

對別人的人生，我通常是不插手的，即使那個人是我家人、男人、摯友，或其他我的誰。同樣的，我也很不喜歡別人插手我的人生，尤其是用「為什麼不」造句法來插手的那種。

「你為什麼不 ＿＿＿＿＿＿＿ ？」問。

「喔，因為我 ＿＿＿＿＿＿＿ 。」答。

「那你可以 ＿＿＿＿＿＿＿ 啊？」再問。

「可是那就 ＿＿＿＿＿＿＿ 了。」再答。

以上，就是個無限輪迴，直到這人找到別的事做為止。譬如，等的電梯終於到了，或是，謝天謝地我的

手機響了。

「我先接個電話喔。」我假裝很不好意思地邊講電話邊走開，對電話裡的人充滿感激，也許他只是某個叫我去貸款的銀行業務。

在英語的用法裡，當覺得對方問多了，而你不想回答時，就回答「Because」一個字即可，對方也會知道應該閉嘴了。

「Why_____？」問，「Because。」答，對話結束。

但在中文的用法裡，搞不好連你回他「關你屁事」，他都還會追：「為什麼不可以問？」。

以前沒臉書的時候，大家都用電話來表達自己的關

心，我就特別討厭這種事，很害怕接到類似的電話，因為總有無數個「為什麼不」會向我發動攻擊。

「那你為什麼不這樣這樣呢？」「那你為什麼不那樣那樣呢？」每個人都忙著對每個別人的人生做建議。

現在大家都把人生自動自發的放在網路上，許多貼文的下方，也老是看到「那你為什麼不這樣這樣呢？」「那你為什麼不那樣那樣呢？」的各種意見，有的時候真會好忍不住想要去幫他們回：「沒為什麼，因為他又不是你。」

不主動表態，並不代表不關心。我會看，會留意，甚至會比更多那些瞎留言亂問一通的人花更多心思先爬文、再追蹤。

譬如，久未見面，婚姻一直有狀況的女生朋友決定離婚了，一路來我看著她自己在網誌裡的發洩，終於做了決定我很替她開心，但我始終沒有對於她的婚姻留下隻字片語，反而比以前更常出現在她開的網購社團，買些自己也喜歡的東西，在那和她嘻嘻哈哈。

再譬如，很佩服的流浪動物中途咖啡廳，辦了場又累又不如預期的認養活動，從初期得知他們的想法開始，我就定時留意他們的官方臉書，發現任何資訊，我就主動在自己的廣播節目裡幫他們做推廣和宣傳，但我從來不曾在那留下任何意見，反正有空就常常到那吃吃喝喝，陪陪動物們玩耍、轉貼些認養故事。

每個人生都有他的難處，我有我的，你和他也都有你們各自的，真正的關心是觀察，而不是哪天你剛好有空，又剛好讓你撇見了哪個人的生活片段，就可以拿

著你看見的那小片拼圖，東問西問給意見。

即使你只不過把這當作是個日常的打招呼法，像是問人家「吃飽了沒？」或是「今天天氣真好。」，如果你真的只是這樣的心情，那麼就直接問吃飽了沒，和天氣真好吧，那都省了當事人很多解釋的力氣，雖然根本沒人有義務跟你解釋那麼多。

以往，我每見一個就回攻一個，「沒為什麼啊」、「不行喔？」，怒氣滿滿。

現在，我默默收集，笑而不語，看看還有什麼「為什麼不」能給我驚喜。

Why?
Because。

## 不想

好友在海外工作，老是在群組裡嚷嚷著有多想我們，終於得空返台幾日。

「來約啊。」友們邀，一如往常。

「我很想啊，但是……（下刪五千字）」一如往常。

他倒是很有時間和耐心老是能想出這許多的（下刪五千字），不知道其他朋友怎麼看，只知道身為舊友的，肯定早習慣了他這些（下刪五千字）。

由此可見，說真話有多難，即使是跟多年好朋友，也無法坦率地說出：「我不想。」

我有整理東西癖，習慣性地會檢視哪些東西是用不到的，每一兩個禮拜我就會整理全家，用不到的東西就送人。音樂和照片這些大部分被放在虛擬空間裡的東

西更常隨手刪刪,因為我不喜歡感覺到生活裡有多餘的東西。

心裡的空間也是的,我喜歡維持簡潔,藉口對我來說,就是多餘的東西。

「我很想啊,但是」代表的就是「並沒那麼想」,不管後面那(下刪五千字),有多麼句句血淚,在我聽來都是藉口。如果真的很想,怎樣都還是可以有辦法的,不然以前是如何瞞著爸媽都還是要偷偷約會?瞞著老師都還是硬要翹課?

但活在人類世界就是沒有辦法不聽藉口,很多時候正在說著那些話的那些人,自己也知道全宇宙都明白他在唬爛,但他還是得說的。此時,聽的人心裡就要有足夠的空間,暫存這些多餘的東西,否則就容易吐。

「你少屁了，根本是不想吧？」要是當著全宇宙吐出這種真言那就糟了，因為你不單單只得罪了說話的那個人，你也把全宇宙都當成了笨蛋。

我以前還滿常這麼吐的，但當發現即使吐到死，這個世界也不會因此少些讓我想吐的事物，我就開始往內著手，清理自己內心，好空出些地方暫存這些世界上必然的唬爛，之後再找時間刪除。

檢視內心空間的時候，我發現許多不必要的東西，不見得都是別人給的，而是自己製造出來放在那等著備用的。

當我要出門，卻遇上對門鄰居也正好要坐電梯的時候，我就會跟他說：「你先下去，我還要拿東西。」，然後把門掩上，假裝忙東忙西。其實只是因為我不想

一起搭，他總是問東問西，有點可怕。

當我的健身教練跟我預定上課日期的時候，偶爾我會跟他說：「最近我的工作時間很不定，萬一到時候不行，可能就得臨時請假了。」並且裝出很苦惱的樣子。然後等到前一天，我就會跟他請假，並且裝出很抱歉的樣子。其實只是因為我不想上課，有點累。

當我……

嘿，知道嗎，此刻我發現了一個很驚訝的事。我其實想了很久，想要再舉一個自己找藉口的例子，但我怎麼想都想不到，是不是因為我已經習慣坦白面對自己的「不想」了呢？

遇見不想一起搭電梯的鄰居，我現在都只說：「沒關

係，你先下去。」當教練跟我預約時間，我就老實告訴他：「我想要先休息一陣子。」那有怎樣嗎？也沒怎樣，事情反而更順利的繼續下去，那鄰居再也不會東問西問，我的教練也因此可以先把我的時段給別的學生，彼此都沒了壓力。

我的那位朋友，在台灣待了幾天，就又低調地回到海外的工作崗位，這期間除了 IG 上看見幾張他在咖啡廳與食物的自拍外，沒有任何一個朋友約得到他。我超懂這種心情的，因為我也是這種人，當忙得要命之後好不容易有了休假，我肯定第一順位也是留給自己大放空。以前我心裡備用的那些（下刪五千字）絕對比他的精彩，可是現在你要我想，我還真想不出來。

習慣對自己坦白後會發現，真的不用先想好藉口放在心裡備用，還要讓這些（下刪五千字）囤積在心裡，

浪費空間，讓生活負擔更沉重。心裡的那些空間，就拿去暫存在人類世界裡維持表面和平的那些必要的藉口，對親近的好友，以及面對自己的時候，就免了吧。沒那麼難，真的，只要說出你不想。

## 直接回答會死嗎？

工作需要快速一來一往溝通細節的時候，我喜歡用通訊軟體，而且一定要打字的，不能錄語音。用聽的容易聽歪，或聽漏，用打字的，至少是個對話記錄放在那，想再確認的話，就找出來看，不需還要再打電話來重複又重複的問一樣的問題。再說，我是真的覺得這樣比較死有對證，免得誰明明說了什麼，但後來又不承認。

那天，我找我的工作夥伴確認節目裡需要的照片們準備好了沒。

問：「今天要用的照片準備好了嗎？如果還沒找，我現在來找。」

回：「我待會到了公司會下載到平板裡喲。」

問：「所以已經找好照片了嗎？」

回：「我待會就會到公司了。」

問：「照片已經都找到了？」

回：「我到公司會找喔。」

問：「所以就是還沒有找？」

回：「還沒喔。」

爆炸。

當然我是在自己這邊的電腦前對空氣大吼「直接回答會死嗎？」但手指還是乖乖的送出可愛的貼圖並且寫下：「謝謝喔麻煩了。」這樣。

我把對話重新看了再看，真的很想知道到底是他的問題，還是我的問題，於是我就整段貼到密友們的群組裡，問問他們的意見。

沒想到有三個人告訴我，當他們看到對方說「到了公司會下載」，就知道照片是還沒找。「那他直接回答還沒找不就好了？」我覺得超莫名，對我來說，下載和找照片是兩回事，畢竟應該是「找完照片然後下載到平板裡」，這明明是兩個不同的動作啊。

只有一個朋友跟我站在同一國，他說：「這也是我的雷耶，我超討厭答非所問的。」

事情到了這裡，已經出現兩個答非所問了。第一就是我和我節目工作夥伴的對話，第二就是群組中那三個回答我看得懂下載是什麼意思的朋友。因為我的問題

明明就是：「直接回答會死嗎？」

我很在意這種事，有些跟我共事的人其實滿受不了我打破沙鍋問到底，就是非得得到一個直接的答案的病。剛剛收到一封公司寄給我的信，說是我寫專欄的單位給了幾部電影讓我選，看我本月份想要寫哪一部。我從信中給我的片單裡，選了《帶我去遠方》，這部片我看過，而且很喜歡其中的氛圍，但我還是在回信中再問了一下：「因為我不知道是不是全世界只有一部片叫做《帶我去遠方》，但你來信中除了片名，並沒有更多的資訊，所以我想確認一下，這裡說的是傅天余導演的《帶我去遠方 Somewhere I have Never Travelled》沒錯吧？」

很盧嗎？但只要你永遠是處在第一線的執行者時，你就會知道寧願盧死，也不要便宜行事，如果沒得到個

直接又明白的答案，最後倒楣的，永遠都會是自己。

多少次我因為沒有堅持要在出席活動前一天再試一次服裝師準備的服裝，而到了當天突然發現尺寸不合、長度不對。

多少次我因為沒有堅持要在上台主持記者會前，跟主辦單位把所有需要唱名的名單唸過一遍，而後來發現我竟然在台上唸錯貴賓名字。

多少次我因為沒有堅持確認拿到的是最後定版的劇本，到了拍戲現場，只有我的劇本版本和別人不一樣，我完全白背了台詞。

我要得到一個直接又明白的答案，不要是我問你哪天可以再試一下衣服，然後你回答我不用擔心到時候我

們會準備多幾件備用。因為那多出來的幾件對我來說也是個不確定的炸彈。

直接，我要直接的回答。

「是喲，是傅天余導演的《帶我去遠方》。」公司回信。他們已經很習慣我，不會再回答「應該就是那部吧？」這種回答了等於沒回答的答案。

這個世界已經夠模稜兩可，我們應該盡量讓事情具體一點。

不問清楚，倒楣的就會是我們自己。立場問題，請見諒。

高，與大步地向前走

這間辦公室裡，並排放著兩張長約 150 公分、寬 80 公分的會議桌，兩張桌子都預設是讓人面對面地坐著，使用各自電腦工作的狀態。

A 桌的其中一側放著兩台桌上型電腦，另一側單獨放著一台筆記型電腦，B 桌的兩側都各放著兩台桌上型電腦。

這裡是金馬執委會的辦公室，專門讓需要報導金馬獎相關的媒體，來這裡用電腦看金馬獎的入圍影片。媒體們得要知道每個入圍項目究竟在電影裡的表現是什麼樣子，就算是以前看過的片，但由於看的當時並不知道這些影片會入圍，所以為了報導不要有誤，公布入圍後，也都還是會來這裡把需要看的影片再看個仔細。

到這裡看片，是採預約制，因為媒體很多，但座位不多，而且規定只能用官方的電腦看，不可以在自己帶去的電腦播放。雖然位置有限，但每個人可以自己選要坐哪個位置、用哪台電腦，先到的先選，若剛好就是整個時段最晚到的那個，就只剩下唯一的位置可以坐。

我第一天到這裡看片的時候，只剩下 A 桌空著一台桌上型電腦，和一台筆記型電腦，其他座位已經都有人了。我立刻就決定要那個筆記型電腦的座位。才坐下，辦公室的人就過來跟我說，那個桌上型電腦目前還沒有人使用，問我要不要換過去，看大螢幕比較舒服。

嘿，傻了，當然不要換啊，整個室內，只有這台筆記型電腦是可以不用跟隔壁的人分享空間耶，對我來說

簡直是天位！我把我的筆記本、筆、裝了咖啡的保溫瓶、面紙、電話……所有需要用到的東西全都擺好在桌上，剩餘的空間還足夠放我的大包包。

任何事情只要跟自由感放在一起當作選項，我一定選擇自由。

沒多久之後，第五十三屆金馬獎頒獎了。什麼典禮的星光大道我都愛看，除了看貴賓們的打扮，也看走紅毯的姿態。有些人站在那對著鏡頭揮手時真的超有氣勢的，可是一開始走起紅毯來，氣勢就潰散。有些是不知道眼睛該看哪、有些是不知道手應該放哪，但大部分的女明星們，都是因為鞋子高到讓她們無法想走到哪就走到哪。

關於高跟鞋這件事，我也在心裡跟自己打過很多次的

架。身高的確是很重要，當站出來和別的女生們一起時，比較高的，就是感覺上比較大器。但這當然不是絕對，台灣就有兩個了不起的例子，張小燕和張清芳兩位姊姊，她們與生俱來的天后氛圍，走到哪，哪就是焦點。我和她們雖然個子差不多，但其他的條件卻都差很多，無法相提並論，她們太遙不可及了。於是，我每次都會掙扎在到底要穿多高的高跟鞋上。

但每次不管是主持典禮，或是擔任頒獎人，要不就是自己入圍，經歷了這好些大型頒獎典禮之後，我的鞋跟，漸漸地愈來愈低。我實在受不了因為鞋子過高，以至於無法按照心裡的速度行走，只好綁手綁腳，哪都無法去的困境。

想走到哪就走到哪到底有多重要？看看茱麗葉畢諾許在金馬 53 紅毯上的威風，她穿了長長的禮服，卻穿

了雙台灣經紀人一定不會同意的那種低跟的鞋。她走起來那速度，虎虎生風，還可以順道彎去紅毯邊邊和她的影迷打招呼。她的悠然自得，讓她看起來最是大器，氣勢逼人。

對我來說，要能自由自在想去哪就能走去哪，比看起來高不高更重要。要能自由自在地使用空間，比看螢幕大些的桌上型電腦更強。畢竟就算再高又高不過那個誰，螢幕就算再大也大不過電影院啊。

自由無價，自在才是最美的裝扮。

## 愈取愈不悦

有的時候我也很討厭自己，覺得真是也太難搞了吧，譬如現在。

也住在附近的幾個朋友，偶爾會在路上遇到，要是剛好有小空，就會到這家咖啡專門店，喝杯咖啡，聊聊是非。今天，巧遇到他，所以就 cue 了另一個朋友出來這裡坐坐。

結果他一直在講她的事，滔滔不絕。

「她一直說很喜歡看你的戲啊。」「她還說上次見到你的時候太害羞了，不敢上前打招呼。」「她要我問你，都是怎麼保養的啊？」「她說你真的主持的很好。」屬於我的部分差不多到此告一段落，接著輪到那另外一位朋友，他開始主攻這位朋友的導演才華，「她說你的片超好看的。」……

這家店主要是賣咖啡豆和煮咖啡的相關產品,有開店用的專業機器、有家庭式的、有攜帶型的各式各樣的好物,我是都來這裡選豆子讓他們磨好再帶回去,店裡也有座位,很多愛咖啡的人都會來這裡跟老闆邊聊邊品嚐。

我很愛這間店的氣味,一推開門就是咖啡香,如果正好遇見他們磨豆子,那更像是被咖啡豆們攻擊一樣,那香味是種讓人就要窒息的濃郁,相當痛快。

啊,我分心了。沒辦法,我就是對取悅過敏。

「她說真的很開心認識你們,誒,是真的,她知道能跟你們見面的時候,超緊張的,好怕你們不喜歡她……」他還在說,眉飛色舞。

以前曾經覺得這裡就是磨豆子的聲音有點吵，否則這個地方就很完美，但現在，我卻覺得有磨豆子的聲音才完美，因為他真的很吵，轉述的內容，實在很煩。

「她真的崇拜你們，所以很在意你們對她的感覺⋯⋯」什麼，還沒說完？我的心打了個長長的呵欠。

這間店的紙袋上，大大的印著「HAVE A NICE DAY」，我每次看著這個袋子，就會覺得很快樂，那代表著我有厲害的咖啡可以喝了，這滿足感帶給我的愉悅，比聽見他轉述的那些讚美還要讓我開心很多很多。

這傢伙新交了一個女友，自從在一起的那天，就不斷地向我們說她的好話。但他選擇的方式，並不是誇獎

他女友的優點，而是轉述他女友誇獎我們這些好友的
優點。

看著他這麼苦口婆心，殷殷切切的模樣，我想，不知
情的人肯定覺得他現在是向我們賣保險吧。

到底是她怕我們不喜歡她，還是他怕我們不喜歡她？

「HAVE A NICE DAY」店員把我磨好的豆子放在封
口紙袋裡交給我，看著這行字，好讓自己的嘴角能持
續保持在上揚的狀態。走出店裡彼此道了再見，對於
即將到來的新女友見面會，開始有種看好戲的心情。

「你相信那些話真的是他女朋友說的？」我轉頭問那
位也被誇得亂七八糟的朋友，「如果真的是她說的，
我就會開始討厭她了。」

「為什麼？不管是不是真心，被稱讚總是開心的啊。」我的朋友還真的開心兮兮。

「我就是討厭被取悅啊，我有病。」我說。

從小我就是這樣，一旦發現只要好好的把功課寫完，就會得到稱讚後，我就他 X 的再也不想把功課寫完。

「你不要以為稱讚了我，我就會為了要再得到你的稱讚而又把功課寫完！」

就是這種心情。雖然最後我還是可能會把功課寫完，但那完全是因為自己想要這麼做，而不是因為誰的讚美。但只要一旦發生了稱讚、誇獎之類的這種事，那就讓我有這方面的壓力，對我來說，就是種強迫，這真的不是說的人真不真心的問題，而是感到有強迫的

壓力會讓我很反胃的問題。

你女朋友覺得我很棒，並不代表著我就因此要對她抱有好感，如果我會喜歡她，就是會喜歡她，要你來多什麼事啦。

討厭取悅，愈取愈不悅。就說了我很難搞，嘖。

延伸閱讀：

舞豆咖啡 Dancing Bean

原來的店在北投，是自家烘焙咖啡豆專賣店，比較算是烘焙
工作室的概念。2015 年在台北大安區開了分店，每幾天我就
會走去找找新鮮的豆子，邊喝邊聊邊學。店裡的工作人員對
待咖啡豆那種追求完美的態度，會讓人覺得喝到了來自舞豆
咖啡精選過的咖啡，就會「HAVE A NICE DAY」。

2016 年 11 月底，舞豆咖啡大安店結束營業。

183

## 啊就不是啊

我的頭髮一直留不長，似乎連在我還是小朋友的時候，都沒有像其他小女孩那樣，留個一頭及腰長髮。我想，可能我媽跟我對頭髮這回事，都顯得沒什麼耐性，所以不太會為了「身為女生就要有長長秀髮」之類的意識形態，而硬要忍受洗頭的困難，以及整理的麻煩。

我又是個在視覺上很容易膩的人，要我天天看著這頭長得一模一樣的髮，就為了等著被留長，我是真的受不了。此生試過一次，當時支撐著的信念就是：「我這輩子一定要把頭髮留長過腰一次，然後立刻燙成爆炸捲！」，我想著長長的爆炸捲髮，覺得自己應該會變得很酷。

正巧那時在拍的電視劇《危險心靈》拍了很久很久，

又幾乎是順著劇本時間順序在拍，所以演員頭髮如果一開始就沒想到要持續修剪，好維持個固定長度的話，也就只能繼續留下去，不能再剪，否則就不連戲了。

於是我就這樣真的把髮留長過了腰，結果殺青的第二天，我立刻跑去剪到肩膀，什麼很酷的爆炸捲，下輩子再說吧。

除了這次的大幅度改變，還有一次是為了拍《布袋和尚》，必須剃光頭演小和尚。其他時候的我，在髮型上，差不多的輪迴就是：先整頭留齊長到肩或過肩，覺得無聊了就剪瀏海，看膩了瀏海頭，就再把瀏海留齊長，然後最後再全部一次減短到耳下。

但每次只要一變髮，就會引來一些問候：「你怎麼

了？」

「女生突然改變髮型不都是有原因的嗎？」有人這麼說。

我節目的固定來賓之一是星星王子，他就是個很會在每兩個禮拜來節目錄音的時候，指出我做了哪些改變的男人。

「你今天幹嘛化妝？」「你竟然會開始跑步？」「你皮膚最近很不錯喔。」之類的。

我跟他是很好的朋友，所以每次我都會很直接地用翻白眼回報他對我的關心。

請問，女生有做了什麼，會是你們覺得沒事的嗎？

突然開始運動、突然常常化妝、突然使用香水、突然
穿上高跟鞋、突然喜歡開車、突然養了一隻狗⋯⋯

女生不管突然做了什麼你們都嘛覺得很有事，那個
「很有事」還一定都會被認為跟愛情有關。重點根本
不是這女生突然做了什麼事，而是大家都認定女生不
管突然做什麼事，都不可能單純只因為自己高興。

前不久，我的節目訪問了一個從出道以來我就每張專
輯都好愛的女歌手，由於我擔心以下的故事，她會被
我拖下水，所以我決定不要說她是誰。

她出了張新專輯，準備要開大型演唱會，剪短了頭
髮。這三件事情被拿來討論最多的，不出所料，是剪
短了頭髮。

對於髮型的話題，她應該也早就習慣會被問東問西的了，就像每個常常變髮的女生一樣，已經可以眉頭都不皺一下的用「啊就不是啊」這樣的回答，來回應「真的不是什麼特別的原因剪頭髮的？」這樣的好奇。

我的主持搭擋是幽默的劉軒，心理學的背景常常讓我覺得他好會看人，但連他都在廣告的空擋，私底下開玩笑地問她：「突然剪了短髮，真的不是因為發生了什麼事嗎？」這話惹得我與來賓瞬間大叫：「啊就不是啊！」

男生真的很奇怪耶，女生只要剪頭髮就會以為我們怎麼了。對啊對啊，為什麼我們剪頭髮一定是要怎麼了才剪啊？拜託，我連把齊長的頭髮剪了齊眉的短瀏海，都要被質疑很久耶。你們男生真的很奇怪耶

兩個女生用連發的嘰哩呱啦攻擊現場唯一的男生，劉軒笑到最後只好求饒：「Ok，好，不是就算了嘛。」

真的沒有因為什麼好嗎？

在我和她齊聲大吼：「啊就不是啊！」的同時，在那一個瞬間，我的腦袋快轉播放著有關我大幅改變髮型的種種事件。那感覺就像電影裡演到人快要死掉了的時候，腦袋會自動播放一生中重要事件的那樣。

留長、剪瀏海、再留齊、又再剪，輪迴著，就像發生在我身邊的那些事、遇到的某些人一樣。

關於我的突然改變，有的時候真的不是為了什麼，但有的時候好像真的是為了什麼。就像很多事情，我們不在乎全世界明不明白，只要「那個人」明白就好，

但有些事情，我們卻又希望全世界都知道，但就是不要讓「那個人」知道。

所以結論就是，女生說沒有就是沒有。

女生說沒為什麼，那就是沒有為什麼。

然後，可以不要再等我們突然做了什麼的時候再來關心嗎？當我們突然做了什麼的時候，就已經是什麼都不可逆了的時候啊。

# 後記

（續序）

架子上面那些白 T 和各式的破牛仔褲，都是我平常很愛的穿著。旁人老是説這些都長一樣，你買那麼多是要幹嘛？但真的就是不一樣。那領子、那袖口，只要有一點點的不同，它就是一件不同的衣服，即使它們看起來很像，但很像不等於一樣。

我看著它們，然後，從那掛滿黑白色洋裝的衣櫃裡，隨手掏出其中一件，換上，連鏡子也沒照，就出門去拍照。

這才是我真正最日常的模樣。我老是想都沒想，就從裡面摸出某件，直接套上、出門，哪件都好，隨興度強過那些看起來日常，但實則還是得精心搭配才會有型又好看的白 T ＋破牛仔褲。

那整櫃的洋裝，也老被説每件不都長一樣？但真的就是

不一樣。這些不一樣就算再微小，也不等於一樣。就是
因為只有自己在意，所以才要認真對待。

其實當說好要用最日常的方式拍封面照時，我就決定要
穿著這些洋裝了，但我還是花了很多時間，精心配搭了
許多套看起來日常，實則刻意的裝扮。因為這些精心搭
配的日常，是這個世界最能直接聯想到的日常，但那不
是我。

既然說了要最日常的樣子，那就要坦然這最日常的自
己。面對這個世界難免得說謊、要假裝，但面對自己，
就免了吧。

雖然繞了好大一圈，還是回到最初的模樣，但我相信你
明白，這當中已經有些什麼不一樣了，或許就是那更篤
定的一些什麼。即使旁人看不出來，即使只有自己知道。

看書之前，和現在的你，看起來還是原來的那個樣子，

但是我相信，在你心裡有些什麼，一定已經大大不同了。

註：卡通《小甜甜》，英文片名為《Candy Candy》，漫畫連載的時候是 1975 年，剛好是我出生的那年。

謝謝收看

作　　　者　蔡燦得

經 紀 公 司　新視麗娛樂創作有限公司

裝 幀 設 計　犬良設計

攝　　　影　黃嘉達 JDHuang

校　　　稿　布魯瑞

行 銷 業 務　張瓊瑜、陳雅雯、王綬晨、邱紹溢、余一霞、蔡瑋玲、郭其彬

主　　　編　王辰元

企 畫 主 編　賀郁文

總 編 輯　趙啟麟

發 行 人　蘇拾平

出　　　版　啟動文化

　　　　　　台北市 105 松山區復興北路 333 號 11 樓之 4

　　　　　　電話 （02）2718-2001　傳真 （02）2718-1258

　　　　　　Email：onbooks@andbooks.com.tw

發　　　行　大雁文化事業股份有限公司

　　　　　　台北市 105 松山區復興北路 333 號 11 樓之 4

　　　　　　24 小時傳真服務 （02）2718-1258

　　　　　　讀者服務信箱 Email:andbooks@andbooks.com.tw

　　　　　　劃撥帳號：19983379

　　　　　　戶名：大雁文化事業股份有限公司

國家圖書館出版品預行編目（CIP）資料

殺死小甜甜 / 蔡燦得作 .-- 初版 .-- 臺北市 : 啟動
文化出版 : 大雁文化發行, 2016.12
　面；　公分
ISBN 978-986-94083-0-1( 平裝 )

855　　　　　　　　　　　　　105022982

初 版 一 刷　2016 年 12 月
定　價　　3 2 0　元
ISBN　978-986-94083-0-1

歡 迎 光 臨
大 雁 出 版 基 地 官 網
www.andbooks.com.tw
訂閱電子報並填寫回函卡